박인환, 나의 생애에 흐르는 시간들

지은이 **김다언**

1989년 조선대학교 치과대학을 졸업하였다.
저서로는 『목마와 숙녀, 그리고 박인환』(2017)이 있다.

박인환, 나의 생애에 흐르는 시간들

2018년 12월 7일 초판 1쇄 발행

지은이 김다언
펴낸이 김흥국
펴낸곳 도서출판보고사
등록   1990년 12월 13일 제6-0429호
주소   경기도 파주시 회동길 337-15 보고사 2층
전화   031-955-9797(대표), 02-922-5120~1(편집), 02-922-2246(영업)
팩스   02-922-6990
메일   kanapub3@naver.com/bogosabooks@naver.com
http://www.bogosabooks.co.kr
ISBN 979-11-5516-357-3   03810
ⓒ김다언, 2018

정가 16,000원

박인환,
나의 생애에
흐르는
시간들

김다언 지음

보고사
BOGOSA

차례

일러두기

1. 시에 표기한 연도는 발표연대 중 가장 앞선 시기를 표기하였다.

2. 인용된 시는 발표 시기의 원문과 차이가 있으며 한자를 줄이려고 노력했다.

3. 한자와 영문 표기는 가급적 줄이되 필요한 경우 병기했다.

4. 박인환 시인보다 앞선 정지용, 오장환, 김조규 등의 시는 가급적 현대어 표기를 줄여
   책을 읽으면서 앞 세대의 느낌을 자연스럽게 느낄 수 있게 했다.

5. 작품명은 「 」, 작품집이나 단행본은 『 』로 표기했다.

6. 이 서적 내에 사용된 일부 작품은 SACK를 통해 VEGAP과 저작권 계약을 맺은 것입니다.
   저작권법에 의하여 한국 내에서 보호를 받는 저작물이므로 무단 전재 및 복제를 금합니다.

박인환(1926~1956)은 시 「목마와 숙녀」와 「세월이 가면」으로 널리 알려진 시인이다. 시집 『목마와 숙녀』는 1955년 발간된 『박인환선시집』에 몇 편의 시를 추가하고, 몇 편은 제외해 1976년 대중적인 시 「목마와 숙녀」를 제목으로 하고서 그해에 베스트셀러가 됐다. 박인환은 잘 팔리는 책을 만들기 위해 유행을 따르는 것은 천박하다고 생각했고 후대에서 진정한 가치를 인정받고 오래 남는 책을 만드는 것이 시인의 임무라고 생각했던 시인이다. 그래서인지 박인환은 살아서는 문학으로 생계를 꾸릴 수 없었으나 사후에 그의 시집은 베스트셀러가 됐다. 그의 생각이 헛되지 않았음을 스스로 증명했다고 볼 수 있는 대목이다. 「목마와 숙녀」뿐만 아니라 「세월이 가면」은 노래로도 유명한데, 사람들이 워낙 낭만적인 감성에서 공감을 하고 나니 정작 박인환의 시 세계를 오해하기도 한다. 박인환은 시를 위해 치열하게 살았고 시로 결실을 맺었지만, 살아있을 때나 사후에나 많은 오해와 편견 속에 있는 것이 그의 운명인지도 모르겠다. 박인환과 가까웠던 조병화 시인이 "모더니즘의 유행성을 멸시해 왔었다. 그러나 박인환 군의 시는 좋아했었다."라고 말했는데, 박인환은 당시 모더니즘의 기수였으니 말에 모호함이 조금 있다. 청록파 시인을 포함해서 김춘수 등 당대의 유명시인들이 박인환을 중심으로 한 모더니즘 동인을 형식주의에 빠져서 내용 없는 시만 썼던 시인들로 평가한 것을 보면 문단에서 박인환을 어떻게 평가했는지 알 수 있다. 이러한 박인환에 대한 평가는 겉으로 드러나지 않은 복잡한 시대상황과 관련이 많다. 일제강점기, 해방과 분단, 미군정, 한국전쟁으로 이어지는 숨 가쁜 정치적 전개과정에서 박인환은 성장하고 활동했다. 당시는 문인이 글을 쓰면 검열을 받고 때로는 감옥에 가고 목숨마저 위태롭던 시절이기도 했다. 정치적 격동기에 문인이 살아남는 길은 권력의 입맛에 맞는 글을 쓰거나 정치적인 색채를 배제한 자연주의를 표방하는 것 외에는 절필밖에 없기도 했다. 그러던 시절에 박인환을 중심으로 한 모더니즘 동인은 시인이 정치적 개입을 하지는 않아도 시대상황을 읽고 이를 시에 반영하며 시인에게 주어진 사명을 수행해야 한다고 생각했다. 당시 모더니즘 동인의 그러한 시도는 우익진영의 시인에게선 난해하고 내용 없는 공식적인 시라고, 좌익진영의 시인들로부터는 사상성이 부족하다는 이유로 양쪽의 공격을 받기도 했다.

시는 시로 평가하는 것이지 정치사회적 관점으로 바라보고 규정하는 것은 문제를 더 복잡하게 만들 수 있지만, 박인환이 정치적 문제로 체포되고 그 여파로 시 세계에 큰 변화가 나타났기 때문에 함께 들여다 볼 필요가 있다. 박인환의 초기 시에는 참여시가 많다. 당시 그의 시 세계를 잘 이해할 수 있는 대표시가 「인천항」이다.

　　　　사진 잡지에서 본 향항 야경을 기억하고 있다
　　　　그리고 중일전쟁 때
　　　　상해 부두를 슬퍼했다

　　　　서울에서 삼십 킬로를 떨어진 곳에
　　　　모든 해안선과 공통되어 있는
　　　　인천항이 있다

　　　　가난한 조선의 프로필을
　　　　여실히 표현한 인천 항구에는
　　　　상관도 없고
　　　　영사관도 없다

　　　　따뜻한 황해의 바람이
　　　　생활의 도움이 되고자

냅킨 같은 만내에 뛰어들었다

해외에서 동포들이 고국을 찾아들 때
그들이 처음 상륙한 곳이
인천 항구이다

그러나 날이 갈수록
은주와 아편과 호콩이 밀선에 실려 오고
태평양을 건너 무역풍을 탄 칠면조가
인천항으로 나침을 돌렸다

서울에서 모여든 모리배는
중국서 온 헐벗은 동포의 보따리같이
화폐의 큰 뭉치를 등지고
황혼의 부두를 방황했다

밤이 가까울수록
성조기가 퍼덕이는 숙사와
주둔소의 네온사인은 붉고
정크의 불빛은 푸르며
마치 유니언잭이 날리던
식민지 향항의 야경을 닮아 간다

조선의 해항 인천의 부두가

중일전쟁 때 일본이 지배했던

상해의 밤을 소리 없이 닮아 간다

「인천항」은 언뜻 보아서는 이해하기 어렵지만 차분히 읽어보면 당시의 시대상황과 시인의 정치적 입장을 잘 알 수 있는 시이다. 중일전쟁은 일본이 아시아의 강자로서 중국을 집어삼키려고 수행한 전쟁이고, 당시 상해에 있던 임시정부와 독립군도 피난을 가야 했던 때다. 중국과 한국을 포함한 아시아 대부분의 국가는 일본에 핍박을 받는 같은 처지였다. 중일전쟁 때는 우리나라 독립군도 힘을 보태서 중국군과 함께 일본군과 전투를 벌였으나 패배했고, 이것을 지켜봤던 우리나라 지식인은 일본의 위력을 실감하며 적극적 친일로 돌아서는 계기가 됐던 전쟁이다. 당시의 상해와 해방 후 인천항을 비교하며 상관도 없고 영사관도 없다고 말한 것은 미군정에 의해 통제된 시대상을 말하고 있다. 영사관과 상관이 없으니 자주독립국가도 아니고 경제권도 없다는 말로 이해된다. 마지막으로 '중일전쟁 때 일본이 지배했던 상해의 밤을 소리 없이 닮아 간다'는 말로 당시 미군정에 대한 불만을 토로하고 있다.

　박인환의 다른 시에도 보면 임시정부가 정통성을 부여받지 못하고 자주권이 없는 것을 안타까워하는 내용이 있다. 조금 어렵게 쓰인 시이지만 박인환은 당시 대부분의 국민이 갖던 정서를 시로 잘 표현했다. 흔히 박인환을 낭만적인 시를 쓰는 시인이라고 이해

몬드리안,
<붉은 나무>, 1908

몬드리안,
<회색 나무>, 1911

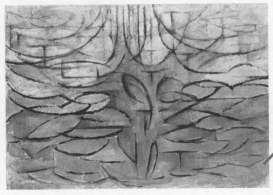

몬드리안,
<꽃 핀 사과나무>, 1912

한 사람들은 낯설게 느낄 수도 있는 시이다. 그러나 박인환의 시에서 낭만적인 시가 차지하는 비중은 아주 작다. 박인환의 시가 대체로 이해하기 어렵게 쓰였기 때문에 대부분의 사람들은 대중적인 몇 편을 제외하고 난해한 시들은 접할 기회가 적었다. 더구나 우리에게 친숙한 「목마와 숙녀」도 많은 사람들이 해석을 하려고 시도했다가 좌절한 경우가 많았다. 왜 박인환은 시를 어렵게 썼을까? 여러 가지 관점에서 설명할 수 있겠으나 당시 모더니즘의 경향이 난해함을 포함하고 있었다. 예를 들어 몬드리안의 나무그림 연작을 보면 이해가 쉽다. 몬드리안은 처음 그린 나무그림 이후에 나무의 모습이 간략하게 변화되고 추상화로 발전해가는 모습을 한눈에 보여주며 감탄할 만한 작품을 그려냈다. 박인환과 그의 동료들이 추구했던 시 세계가 몬드리안이 추구했던 추상화로의 변화과정과 닮아있다고 보면 된다. 때문에 독자에게는 시가 얼른 이해되지 않는 것이다. 그렇지만 박인환의 시에는 몬드리안의 나무처럼 중심 이미지가 살아 있어서 자세히 살펴보면 시에 일관성을 갖는 메시지가 있다는 것을 알게 된다.

　박인환의 시에서 중요한 의미를 갖는다고 생각한 시 몇 편을 연구하면서 중요한 사실을 깨닫게 되었다. 박인환 시인이 가슴속에 간직했던 비밀 같은 일들이 시에는 솔직하게 표현됐다는 점이다. 이 책은 박인환 시인이 시로 드러낸 그의 이야기를 시대적 사건과 주변 등장인물과의 관계를 보충설명해서 독자의 이해를 돕는 내용으로 되어 있다. 시와 시대적 사건은 가급적 시간 순으로 배열했으나 간혹 뒤섞인 부분도 있다.

 '세상이 알고 있는 박인환'과 '그가 시로 말하고자 했던 것과의
거리'를 알고는 쓰지 않을 수 없었다. 책이 나오기까지 오랜 시간
박인환을 중심세계에 놓고 그가 살았던 때의 사람들과 그들의 글
을 읽으며 과거의 사람처럼 느끼려고 노력했다. 평가는 독자의 몫
이지만 박인환과 그의 문학을 이해하는 데 작으나마 도움이 됐으
면 한다.

THE LAST TRAIN,
오장환

THE LAST TRAIN

오장환

저무는 역두에서 너를 보냇다.
비애야!

개찰구에는
못쓰는 차표와 함께 찍힌 청춘의 조각이 흐터저 잇고
병든 역사가 화물차에 실리여 간다.

대합실에 남은 사람은 아즉도
누궐 기둘러

나는 이곳에서 카인을 만나면
목노하 울리라

거북이여! 느릿느릿 추억을 실고 가거라.
슬픔으로 통하는 모든 노선이
너의 등에는 지도처름 펼처 잇다.

THE LAST TRAIN,
오장환

　「THE LAST TRAIN」은 오장환 시인의 대표작이다. 오장환의 시가 책의 첫머리부터 등장하는 이유는 오장환이라는 인물이 그만큼 박인환의 삶과 문학에서 중요한 위치를 점하고 있기 때문이며, 「THE LAST TRAIN」은 오장환의 생애를 관통하는 중요한 의미를 담은 시이다. 오장환은 1930년대 서정주, 이용악과 함께 주목받는 시인이었고, 한때 시의 왕이라는 말을 듣기도 했을 정도로 1930~40년대 시단에서 매우 중요한 인물이다. 오장환은 해방 후 미군정에서 요주의 인물이 됐고 결국 월북함으로써 우리 문단에선 지워진 이름이 되었으나, 오장환을 따르던 박인환은 1949년 국가보안법을 위반한 남로당원 혐의로 체포되었고 이는 오장환과의 인연과 관계가 있다. 그리고 박인환이 추구한 시 세계를 알기 위해서는 문단에 등장해서 활동한 해방 후부터 6.25전쟁 전후에 이르는 격동기의 삶을 오장환과 함께 이야기해야 이해하기 쉽다.

박인환 시인은 문학적으로는 말할 것도 없고 개인적으로도 오장환 시인에게서 많은 영향을 받았다고 생전의 그의 가장 가까웠던 문우의 한 분인 김규동 시인은 말한다. 그는 오장환의 시를 무척 좋아해서 해방 이전부터 10여 년 연상인 오장환 시인을 따라다녔는데, 해방 후 낙원동 입구에 연 고서점 '마리서사'도 오장환 시인이 물려준 것이다. 오장환 시인이 해방 후의 급격한 시국의 전개 속에 서점을 경영할 만큼 한가하지 못하게 되자 가장 사랑하던 후배에게 물려주었던 것이다. 오장환 시인이 키가 자그마한데 비하여 박인환 시인은 키가 컸지만, 그는 옷차림이며 행동거지도 오장환과 비슷했다. 주머니는 늘 비어있었지만(평생 제대로 돈벌이를 해본 일이 없다 한다), 모습만 보면 그는 갈 데 없는 부잣집 도령이었다. 귀족 취미도 있어 고급이 아니면 무엇이고 거들떠보지 않았다. 그러면서도 그는 곧잘 보수적이고 봉건적인 사회체제 속에서는 결코 사람이 행복할 수 없다는 뜻의 말을 하곤 했는데 여기에도 그를 키운 환경과 함께 오장환 시인의 영향이 컸다.

－ 박인환, 「근원을 알 수 없는 슬픔과 외로움」, 『신경림의 시인을 찾아서』

오장환은 1918년 충청북도 보은군 회인면 중앙리에서 태어나 농사짓는 어머니와 살다가 보통학교 4학년 무렵 경기도 안성의 아버지 집으로 이사를 했다. 오장환은 서자로 태어났고 부친과 어머니는 20살 정도의 나이 차가 있다. 오장환의 부친은 첫 부인이 1929년 사망하고 2년 후 1931년 오장환의 생모와 재혼신고를 하였고, 서출로 존재하던 장환도 다른 남매들과 함께 적자로 재 신고된다. 이러한 출생배경을 가진 오장환의 시에 '나는 이곳에서 카인을 만나면 목노하 울리라'라는 내용이 나오는 것은 의미심장한 부분이다. 다른 시에서도 카인이 등장하는 부분을 찾을 수 있다.

> 나요. 카인의 말예末裔요. 병든 시인이요.
> 벌罰이요. 아버지도 어머니도 능금을 따먹고
> 날 낳었소.
> ─「불길한 노래」 부분

이외에도 「정문旌門」, 「성씨보姓氏譜」, 「종가宗家」 등의 시를 통해서 오장환은 봉건적 전통과 질서를 풍자하며, 서자로 태어나 많은 고통과 번뇌를 느꼈던 그의 솔직한 속내를 드러내고 있다.

카인이 누구인가? 카인은 농부, 아벨은 목자牧者였다. 카인은 농산물을 야훼 신에게 바치고 아벨은 가축을 제물로 바쳤는데, 신은 아벨이 바친 제물은 반겼으나 그가 바친 제물은 반기지 않았다. 그러자 그는 아우 아벨을 질투하여 죽이고 말았다. 노한 야훼는 그를 저주하여 떠돌아다니는 신세가 되게 하였다. 카인은 신(아버지)의 사랑에 차별을 느껴 형제간의 질투와 분노로 살육을 저지른 죄인 이다.

오장환은 카인을 통해서 그의 성장기에 이러한 죄의식이 함께 하고 있었음을 고백하고 있다.

「THE LAST TRAIN」이 발표된 1930년대 말은 일제강점기의 억압이 한층 강화되며 일본 제국주의의 위세는 꺾일 줄 모르고 날로 치솟던 시절이다. 조선은 바로 일본의 식민지였고, 조선인은 일본이 주장하는 대동아공영권에서 일본인 다음의 이등국민으로 취급 받고 있었다. 농민은 땅을 빼앗기고 애써 지은 쌀을 수탈당했으며, 지식인은 친일을 하지 않으면 생계를 꾸리기조차 어려웠으니 조선의 청년들은 울분을 삭이며 만주로 새로운 땅을 찾아 떠나거나,

정현웅, <대합실 한구석>, 1941

독립운동을 위해, 공부를 위해 어디론가 떠나는 것이 어쩌면 당연한 때이기도 했다. 이러한 이등국민의 아픔과 서출로 태어난 내면의 고통을 '카인'이라는 상징을 통해서 드러내고 '병든 역사가 화물차에 실리어 가는 저무는 역두에서 못 쓰는 차표와 함께 조각난 동시대 청춘들의 아픔'을 시로 노래했다.

'거북이여! 느릿느릿 추억을 실고 가거라. 너의 등에는 슬픔으로 통하는 모든 노선이 지도처럼 펼처 있다.'는 부분의 해석에서 많은 사람들은 거북등의 무늬가 일본이 벌인 철도사업으로 나누어진 조선의 국토를 상징한다고 생각한다. 덧붙이면 거북이는 오장환의 어머니에 깊은 애착과 불효자로서의 미안함, 현실에 대한 안타까움을 또한 절절하게 표현하고 있다. '거북이여! 느릿느릿 추억을 실고 가거라.'는 거북 무늬처럼 손이 갈라지고 주름진 어머니를 보며 세월이 더디 가기를 바라는 마음과 잘해드리지 못하는 현실이 개선되기를 바라는 염원이 함께 있는 것이다.

어머니는 무슨 필요가 있기에 나를 맨든 것이냐! 나는
이항異港에 살고 어메는 고향에 있어 얄은 키를 더욱더
꼬부려가며 무수한 세월들을 흰 머리칼처럼 날려 보내
며, 오 – 어메는 무슨, 죽을 때까지 윤락된 자식의 공명
功名을 기다리는 것이냐. 충충한 세관의 창고를 기어달
으며, 오늘도 나는 부두를 찾어나와 '쑤왈쑤왈' 지껄이
는 이국소년異國少年의 회화會話를 들으며, 한나절 나는

향수에 부대끼었다.

어메야! 온 - 세상 그 많은 물건 중에서 단지 하나밖에
없는 나의 어메! 지금의 내가 있는 곳은 광동인廣東人이
실고 다니는 충충한 밀항선. 검고 비린 바다 위에 휘이
– 한 각등角燈이 비치울 때면, 나는 함부로 술과 싸움과
도박을 하다가 어메가 그리워 어둑어둑한 부두로 나오
기도 하였다. 어메여! 아는가 어두운 밤에 부두를 헤매
이는 사람을, 암말도 않고 고향, 고향을 그리우는 사람
들. 마음속에는 모 – 다 깊은 상처를 숨겨가지고…… 띄
엄, 띄엄 이, 헤어져 있는 사람들.

–「향수鄕愁」부분, 『조선일보』(1936.10.13)

오장환은 1936년에 「향수」를 발표하고 이후에도 「어머니 서울
에 오시다」, 「다시 미당리」 등의 시에서 어머니에 대한 애절한 마
음을 드러낸다.

도라온 탕아라 할까
여기에 비하긴
늙으신 홀어머니 너무나 가난하시어

도라온 자식의 상머리에는

지나치게 큰 냄비에
닭이 한 마리

아즉도 어머니 가슴에
또 내 가슴에
남은 것은 무엇이냐

서슴없이 고기쩜을 베어물다가
여기에 다만 헛되이 울렁이는 내 가슴
여기 그냥 뉘우침에 앞을 서는 내 눈물

조용한 슬픔은 아련만
아 내게 있는 모든 것은
당신에게 받히었음을……

크나큰 사랑이어
어머니 같으신
받히옴이어!

그러나 당신은
언제든 괴로움에 못이기는 내 말을 막고
이냥 넓이 없는 눈물로 싸주시어라.

-「다시 미당리美堂里」, 『대호』(1946.7)

오장환은 그가 태어난 식민지 조국과 서출이라는 봉건적 질서의 폐해로 고뇌와 방황의 성장기를 겪지만 결국 그는 어머니와 태어난 모국을 버릴 수 없었다. 늙어가고 배우지도 못했지만 끝없이 자식의 미래를 염원하는 어머니의 사랑에 눈물을 흘리며 젊은 날의 방황을 떨쳐버리고 병든 역사와 비애를 저무는 역두에서 떠나보내고 뜨거운 다짐을 하는듯한 비장감이 「THE LAST TRAIN」에 흐르고 있는 것이다. 이 시를 읽는 조선의 식민지 청년과 현대의 청년 감성엔 분명 거리가 있겠으나 오장환의 「THE LAST TRAIN」은 '카인'과 '거북이'라는 두 상징적 표현을 통하여 짧은 시이지만 식민지 청년의 공통된 아픔과 개인의 고뇌를 함께 묶어 깊은 영혼의 울림을 주는 한 시대를 대표할 명시로 남았다. 오장환을 따르고 그의 시를 좋아한 박인환의 시 세계에 오장환의 영향이 느껴지고, 그가 느낀 감동이 새로운 형태로 전환되어 시로 표현되는 것은 당연할 것이다.

거북이처럼 괴로운 세월이
바다에서 올라온다

일찍이 의복을 빼앗긴 토민土民
태양 없는 날에
너의 사랑이 백인白人의 고무원鷗에서
소형素馨1)처럼 곱게 시들어졌다

1) 재스민

민족의 운명이
크메르[2]신神의 영광과 함께 사는
앙코르와트의 나라
월남인민군
멀리 이 땅에서도 들려오는
너희들의 항쟁의 총소리

가슴 부서질 듯 남풍이 분다
계절이 바뀌면 태풍은 온다

아시아 모든 위도緯度
잠든 사람이여
귀를 기울여라

눈을 뜨면
남방의 향기가
가슴팍으로 스며든다
–박인환, 「남풍」, 『신천지』(1947)

　　일제강점기의 아픔을 표현한 오장환의 '거북이'와 서양의 식민
지로 핍박받는 월남의 '일찍이 의복을 빼앗긴 토민'이 겪는 '거북
이처럼 괴로운 세월'의 느낌은 같다. 시의 배경에는 지리적인 차

이와 정복자의 차이만 있을 뿐이지 '거북이'는 두 시에서 괴로움을 당하는 농민의 고단한 삶을 상징한다. 「THE LAST TRAIN」을 이해할 때처럼 박인환의 시를 읽을 때는 상징적 표현을 통해서 압축적으로 의미를 전달하려는 의도를 알아야 하고 염두에 두어야 한다. 박인환의 시는 시대적 상황과 그가 경험하며 느끼는 복합적인 감정을 표현할 때 상징적 의미를 활용하는 경우가 많다.

오장환은 시를 쓰는 동시에 미술평론을 쓰기도 했고, 미술품에 대한 조예가 깊었던 것으로 알려진다. 오장환이 1939년 『문장』에 기고한 「애서취미愛書趣味」라는 글에서도 책 수집과 취미 외에 장정裝幀[3]에 대한 자신의 견해도 밝히고 있다. 남만 서점 시절의 추억을 간직한 김광균 시인의 「30년대의 화가와 시인들」이라는 회고에 의하면, 오장환이 당시 친했던 서정주가 처녀시집인 『화사집』을 내던 때 비용을 대고 장정을 맡아 책명을 자줏빛 실로 수를 놓는다고 수놓는 집에까지 가서 한 장 한 장 참견했다고 한다. 김광균은 김기림 시인에게 "소리조차 모양으로 번역하는 기이한 재주"를 가진 시인이라는 평가를 받았을 만큼 시에 회화적인 표현이 뛰어났던 시인으로 역시 미술 분야에 관심이 많았다. 오장환은 서점을 운영하는 관계로 일본을 자주 방문하여 새로운 책과 귀한 시집들을 가져올 때 당시 서구에서 유행하던 초현실주의 화가 등의 화집을 함께 가져오기도 했다. 그런 연유로 주변 문인과 예술가들이 자주 오장환의 서점을 드나들고

3) 장정 : 책의 표지나 속표지, 도안 따위와 같은 겉모양을 꾸밈.

술자리도 하면서 교류를 하였고, 자연스레 오장환은 '시인부락' 등의 동인활동에 주도적인 역할을 했을 것이다. 박인환 역시 '마리서사'를 운영하며 문학의 길을 걷고, '마리서사'는 주변의 다양한 문화예술인과 교류하는 중요한 장소가 된다.

'마리서사'의 이름과도 관계가 있는 마리 로랑생은 일찍부터 일본을 통해서 조선의 문화예술인에게도 이름을 널리 알린 것으로 생각된다.

> 당시의 대화상들이 드디어 마리의 주위에 몰려들기 시작했다. 이미 1910년에 러시아의 백만장자 스투킨은 모스크바에 있는 자신의 호텔에 전시하기 위해 마리의 그림을 산 적이 있다. 그리고 1911년에는 은행가 베나르가 마리의 걸작품 <바이올린을 켜는 여인>과 <서커스>를 사들였다. 1914년에 그녀는 첫 번째 판화집 전부를 일본에 보냈고, 그때부터 일본은 마리의 작품이 가장 높이 평가받는 나라 중의 하나이자 마리 로랑생의 개인미술관이 세워지는 첫 번째 나라가 되었다.
>
> ― 플로라 그루, 「사랑에 운명을 걸고」 부분, 『마리 로랑생』

박인환의 시에 화가와 그림을 통한 상징적 표현이 등장하는 것에서 그가 회화에 관심이 많았던 것을 확인할 수 있다. 박인환이 학창시절 오장환의 서점을 드나들며 비싸고 귀해서 일반인은 쉽게 보지 못할 화보를 일찍 접했고 때로는 전문가의 설명을 듣기도 했을 것이라는 상상은 그리 지나치지 않다.

오장환의 서점에는 이상 시인이 준 이상의 자화상이 걸려있을 정도로 오장환은 이상과 친분이 있었으며, 박인환 또한 이상을 추모하는 문학의 밤을 개최했고 이상의 추모시를 쓰기도 했다. 그들의 관심사와 취향에는 서로 비슷한 점이 많았다. 물론 박인환은 영화와 연극에 각별한 관심을 쏟으며 작품 번역도 했고 많은 평론과 기록을 남겼기 때문에 그의 독자성을 폄훼하고 모든 것을 오장환과 연결해 생각하는 것은 무리가 있다. 그러나 박인환의 문학적 성장과정에서 오장환이 중요한 역할을 했다는 것 또한 사실이다. 오장환은 휘문고등보통학교 재학 중 『조선문학』, 『조선일보』에 시를 발표하며 이름을 알렸고 당시 휘문고보에 재직하던 정지용 시인은 제자들과 인사를 나눌 때 그가 오장환의 앞 기수인지 후배인지 물어서 구별할 정도로 오장환을 특별하게 인식했다고 한다. 일제강점기에 오장환이 시집을 내고 세간의 반응은 시의 세계에 '제2의 왕'이 나왔다며 격찬하며 뜨거운 반응을 보였다. '제1의 왕'은 정지용 시인이다. 오장환을 왕이라고 언급한 내용은 현대문학 1962년 12월호에 서정주 시인이 기고한 글에도 잠깐 언급된다. 당시의 시점에서 오장환이 박인환에게 어떤 존재로 다가왔을지 생각해보면 그들의 인연을 이해하는 데 도움이 될 것이다. 정지용, 김기림, 오장환 등은 월북문인으로 분류되어 오랜 기간 우리 문학사에서 투명한 존재로 남아 모르는 사람이 많지만 그들은 일제강점기와 해방 후 미군정의 시기까지는 굵직한 발자취를 남긴 시인들이다. 해방 이후 남북으로 나뉘기 전의 이념적 갈등 양상은 지금과는 사뭇 달랐다. 예를 들면 정지용, 김영랑, 박용철 등의 '시문학' 동인은 아주 가까운 사이였고 이들은 서로 정치적 지향점에 차이가 있어도 이를 극복하며 함께 문학적 공통분모를 만들어갔다. 해방 후 상황은 달라졌고, 김영랑 시인이 이승만과 같은 우파의 정치적 견해를 가지고 제헌의회에 출마할 무렵 이미 정지용 시인과는 아주 먼 사이가 돼 김영랑이 시집을 냈을 때 발문을 후배인 서정주가 썼다. 그러나 해방 전에는 '카프' 맹원이었던, 쉽게 말해서 좌파문학의 거두였던 임화가 폐질환으로 중병을 앓고 있을 때 김영랑은 시문학 동인들과 함께 문병을 하고 안쓰러운 마음을 표현한 글을 남기기도 했다.

박인환의 문학적 성장기에는 1945년 해방 이후 문인들이 불과 물처럼 극단적으로 대립하는 단체를 만들고 남과 북을 선택해야만 하며, 과거의 인연이 생과 사의 갈림길에 서게 만들 줄은 아무도 몰랐다. 그러나 해방은 불시에 찾아왔고 오장환은 미군정 하에서 곧 요주의인물로 분류된다.

> "조선에 있어서 언론자유는 보장한다"고 말한 하지 중장이 미소공위美蘇共委에도 반탁하던 사람까지 넣으려하던 이 조선이 그러면 언론자유의 극치를 이루고 있는가? 이것은 내가 말하지 않아도 제군들이 더 잘 알

일이다.

작년 9월 1일 국제청년데이에서 다만 시 한 수를 읽었
다는 죄명으로 1년의 징역을 하는 동무 유진오俞鎭五를
보라. 그리고 연달아 작년 12월 29일 삼상三相결정 일주
년기념대회 때 어리석은 내가 시를 읽은 것으로 인하
여 나를 찾으려 하고 내가 없는 틈에 원고를 압수해 갔
고⋯⋯.

– 「방황하는 시정신」, 문학평론(1947.4)

위의 글에 나온 것처럼 경찰이 오장환의 거처를 수색하고 원고
를 압수한 일뿐만 아니라 1946년 3월 서울대병원 입원 중 오장환
이 쓴 글에서도 자신의 정치적 성향의 최근 시가 문제됐음을 밝히
고 있다. 오장환은 해방을 병원 입원실에서 맞이하고 1947년 12월
경 월북할 때까지 정치적인 활동 외에 예세닌의 역시집과 『병든
서울』을 발간하는 등 문학 활동도 활발하게 이어간다. 오장환의
낭만적인 기질을 엿볼 수 있는 일은, 그가 예세닌의 역시집을 발간
할 때 「에세-닌에 관하여」라는 글을 썼는데 여기서 예세닌과 무
용가 이사도라 던컨의 사랑이야기를 세 쪽 분량으로 자세히 다룬
것에서도 알 수 있다.

에세-닌의 생애에서 가장 큰 사건은 1921년 세계적인
무용가 이사도라 던컨과의 관계이다. 그해 가을 쏘비에

트 정부의 초청으로 온 던컨과, 에세-닌은 만나자마자 서로 좋아하고 떨어질 수 없는 사이가 되었다. 그러나 이것이 하나의 뜬 구름과 같이 지날 수 있는 염문艶聞이었다면 별일은 없었을 것이다. 그러나 일생을 같이하고 싶다는 데에는 큰 문제가 되지 않을 수 없다. 전형적인 부르주아 이데올로기를 신봉하는 미국의 인기화형人氣花形과, 새로운 이념인 프롤레타리아 이데올로기를 채득하려고 참다운 노력을 하는 성실한 시인과의 정신적인 공동생활이란 될 수 없는 일이다. 그러면 남는 것이란 애욕밖에 무엇인가.

......

이리하여 그는 마지막의 구원을 고향에 걸고 고향 리야잔으로도 가보았다. 그러나 끝까지 자력으로 버티려는 기색이 적고 외부 환경의 힘에 기대려 하는 그에게 구원이 있을 수는 없었다.

......

그리하여 그는 마지막 믿고 바랐던 고향에서 짐도 꾸리지 않고 레닌그라드, 그 전날 던컨과 처음으로 백 년의 헛된 약속을 맺은 호텔 바로 그 방을 찾아가 그 방에서 죽었다. 이때가 1925년 12월 30일이었다.

- 『에세-닌 시집』(1946.5)

오장환이 이야기한 예세닌과 이사도라 던컨의 사랑이야기는 당대의 유명한 무용가 최승희와 김영랑 시인과의 이루지 못한 아픈 사랑을 떠올리게도 한다. 한편 예세닌이 죽기 전에 입었던 긴 코트 모양을 내서, 어느 날 박인환이 동료들 앞에 나타난 일화가 있는데 이를 보면 천재시인 예세닌은 오장환과 박인환에 많은 시적 영감을 주었던 모양이다. 박인환의 「세월이 가면」은 아폴리네르의 「미라보 다리」와 마리 로랑생의 「진정제」, 예세닌이 죽기 전 호텔에서 마지막으로 남긴 시 「안녕, 친구여, 안녕」 등과 함께 읽으면 독자에게 새로운 감흥을 줄 것이다.

태생적으로 봉건적 질서를 싫어한 오장환이 친일파와 지주세력이 연합한 이승만 중심의 우파와 함께하기란 애초에 불가능했는지 모른다. 해방 전에 오장환 역시 반일감정이 많았겠지만 특별한 정치적 활동을 보이지 않았다. 그런 오장환이 해방 이후 보인 놀라운 행보는 성장기에 표출했던 출생에 대한 반항과 고뇌에서 그의 숙명이 예정됐는지도 모른다. 그리고 그가 맞이한 숙명의 큰 파도는 박인환에게도 커다란 여파를 몰고 와 이 책의 중심 줄거리를 만들어낸다. 박인환이 시에서 '한때 청춘과 바꾼 반항도 이젠 서적처럼 불타 버렸다'라고 밝힌 것처럼 반항기가 넘쳤던 오장환의 시가 성장기의 박인환을 끌어당겼는지도 모른다. 박인환이 문학에의 열정으로 반항기를 달래고 시인의 꿈을 키우며 남만서점의 문턱이 닳도록 다니던 아름다운 시절은 오장환의 월북 이후 다시는 돌아갈 수도 없었고, 너무도 위험한 과거가 되었다.

나의 노래가 끝나는 날은
내 가슴에 아름다운 꽃이 피리라.

새로운 묘에는
옛 흙이 향그러

단 한번
나는 울지도 않엇다

새야 새중에도 종다리야
화살같이 나러가거라

나의 슬픔은
오즉 님을 향하야

나의 관역은
오즉 님을 향하야

단 한번
기꺼운 적도 없엇드란다.

슬피 바래는 마음만이

그를 좇아

내 노래는 벗과 함께 느끼엇노라.

나의 노래가 끝나는 날은

내 무덤에 아름다운 꽃이 피리라.

－오장환, 「나의 노래」, 『시학』(1939.3)

장미의 온도

장 미 의 온 도

박 인 환

나신裸身과 같은 흰 구름이 흐르는 밤

실험실 창밖

과실의 생명은

화폐모양 권태하고 있다

밤은 깊어 가고

나의 찢어진 애욕은

수목樹木이 방탕하는 포도鋪道에 질주한다

나팔 소리도 폭풍의 부감俯瞰도

화판花瓣의 모습을 찾으며

무장武裝한 거리를 헤맸다

태양이 추억을 품고

안벽岸壁을 지나던 아침

요리의 위대한 평범을

Close-up한 원시림의

장미의 온도

장미의 온도

박인환은 1948년 4월 김경린, 임호권 등과 동인지 『신시론』을 간행한다. 여기에서 동인지의 내용과는 별개로 표지를 눈여겨볼 필요가 있다. 표지 모델로 할리우드 여배우 로렌 바콜이 등장한다. 책의 표지 하단부에 이 사진은 필립 할스먼이라는 사진작가가 찍었고, 사진제목이 'THE LOOK'이라는 설명이 있다. 박인환이 후에 밝혔듯이 여배우 사진을 표지로 사용하는 것에 동인들이 저속하다며 반대했으나 설득해서 결국 표지로 사용했고, 세간의 반응은 비난이 더욱 고조되었다고 회고했다. 이미 동인지를 만들기 전에 박인환이 시 이외에 영화평론도 쓰며 영화에 깊은 관심을 쏟고 있던 것을 동인들이 이해한다고 해도 영화와 관련된 지면을 활용하면 될 일을 굳이 시와 관련한 문학지에 영화배우 사

『신시론』 표지

『LIFE』 표지

진을 왜 표지로 내세웠을까? 이 의문점을 차분히 짚어볼 필요가
있다. 『신시론』의 로렌 바콜 사진은 이미 뉴욕에서 발간된 잡지
『LIFE』(1936~1972)에 1944년 10월 표지로 사용됐다. 『LIFE』는 미
국에서 보도사진 분야의 선구자로 오랜 기간 인기를 누린 잡지
였으며, 『타임(Time)』지의 발행인인 헨리 루스가 창간했다. 특히
『LIFE』는 예술성이 가미되거나 사진기술이 뛰어난 사진을 실었
으며 포토에세이를 중요하게 다룬 잡지이다. 사진가 데니스 스톡
과 배우 제임스 딘의 우정을 그린 영화 「라이프」(2015)를 보면 당
시 『LIFE』라는 잡지의 위상과 방향성을 이해하기 쉽다.
　『LIFE』는 전쟁 중에도 현장감 있는 사진으로 보도사진 분야에
서 최고의 명성을 누렸는데, 2차 세계대전에서 일본이 미국에 항

복하고 전쟁이 끝났을 때 미국의 시민들이 거리로 뛰쳐나와 환호
성을 울리며 서로 얼싸안고 기뻐했으며 이때 우연히 찍힌 수병과
간호사의 종전 키스 사진은 『LIFE』 역사상 최고의 사진 중 하나로
꼽힌다.

　『LOOK』이라는 포토에세이 잡지도 미국에서 『LIFE』 이후에 출
간되어 대중적 인기를 끌었고, 헤밍웨이가 『LOOK』의 필진으로
참여할 정도로 포토에세이는 서구에서 중요한 대중매체로 발전했
다. 당시 서구에서는 한 장의 사진으로 함축적 의미를 전달하는 방

1945년 8월 14일 일본의 항복으로 종전
되자 타임 스퀘어 광장으로 시민들이 환
호하며 뛰쳐나와 축하하는 장면을 찍은
사진.

식 등으로 과학의 발달과 문화예술이 결합하는 다양한 대중문화를 꽃피웠고 이러한 시대적 변화를 박인환은 일찍부터 주목했던 것이다. 1944년 헤밍웨이 원작의 영화 「소유와 무소유」에서 로렌 바콜이 험프리 보가트와 열연하며 선보인 강렬한 시선을 당시 사람들은 'THE LOOK'이라 이름 붙였다. 『LIFE』의 표지에 사용된 로렌 바콜 사진은 유명 사진작가 필립 할스먼이 찍었으며, 필립 할스먼은 살바도르 달리의 작품 <기억의 지속>의 시계를 모티브로 활용해 달리의 초상도 찍었다. 초현실주의 화가로 유명한 달리와 그의 작품은 서구뿐만 아니라 이미 이상, 김기림, 오장환, 김광균, 박인환 등의 시인들에게 대단한 관심과 사랑을 받은 인물이다. 로렌 바콜의 사진은 단순한 여배우의 사진이 아니고 예술적으로 창조된 사진이며 포토에세이처럼 의미를 갖는 로렌 바콜 표지와 『신시론』의 내용이 호응하고 있다는 뜻이다. 로렌 바콜과 험프리 보가트는 1944년 「소유와 무소유」 촬영 후 1945년에 결혼했으며, 박인환은 험프리 보가트의 짧은 머리를 흉내 낼 정도로 그들을 좋아했다고 한다. 1944년은 일제강점기로 일본이 미국과 전쟁 중이라 식민지 조선에서 미국영화가 상영될 수 없었다. 기록에 의하면 「소유와 무소유」는 1948년 8월에 수입 상영된 것으로 나오는데 『신시론』은 그해 4월에 나왔으니 대부분의 사람들은 로렌 바콜의 이름조차 몰랐을 것이다. 그러나 당시 서구에서 로렌 바콜과 험프리 보가트는 배우로서만 유명한 것이 아니었다. 1947년 할리우드 영화계에서는 매카시즘의 광풍이 불고 있어서 '할리우드 텐'이라 불

리는 영화계의 블랙리스트가 만들어졌다. 이때 로렌 바콜과 험프
리 보가트는 미국의 수도 워싱턴으로 날아가 영화계 인사들과 함
께 백악관을 향하는 거리행진의 선두에 섰다. 박인환은 『LIFE』 등
여러 매체를 통해서 이런 내용들을 먼저 알고 있었고 아마도 반발
하던 동료들을 설득하는 과정에서 자세한 설명을 했을 것이다. 박
인환은 당시를 회고한 글에서 "당신의 얼굴이 발산하는 페시미스
틱한 어떠한 영감이 우리의 시 정신과 흡사하며 우리의 문명 비판
적 시각이 당신의 근대적인 눈의 모색과 복합이 빚어내는 환상의
감정과 공통된다는 데 의견의 일치를 보고 우리 잡지는 인습의 거
리에 나타났다."고 밝혔다. 박인환과 동료들의 의도는 고답적이고
무난한 형식보다 새로운 시도를 통해서 기성의 틀을 깨고 서양과

의 문화격차를 줄이고 발전해가자는 의지를 세상에 표명했다고 보아야 한다. 이것은 단순한 추측으로 하는 말이 아니라 박인환과 동인들이 쓴 다양한 평론이나 글의 내용을 전체적으로 취합해서 내린 결론이다. 박인환과 동인들의 주장을 요약하면, 서구문명은 과학의 발달과 철학, 문학 등이 궤를 같이한다는데 우리의 문학은 언제까지 자연주의 문학을 고집하며 달과 별을 노래하고 영탄조 의 서정적인 시만 쓸 거냐며 그렇게 한가롭던 세상은 이제 지나갔 다는 것이다. 과학이 발달하기 전 사람들은 하늘에서 반짝이는 별 을 단순히 '빛' 이상으로 인식하기 어려웠다. 별의 크기는 전설적 인 사람이 죽어서 영혼이 머무는 자리라는 신화가 깃든 '정신적 공 간' 정도였다. 이제 과학은 단지 빛으로만 인식되던 '과거의 별'이 사람이 사는 지구보다 더 큰 항성이며 오히려 지구 같은 행성을 거느리는 어마어마한 크기라는 사실을 알려주었다. 그 사실을 먼 저 인식한 나라와 그렇지 못한 나라는 정복자와 식민지의 관계를 형성했다. 이제 별을 낭만적으로만 보고 과학적 인식을 갖지 못한 나라는 아름다운 마음씨를 갖는 사람들이 사는 곳이 아니라 강자 의 지배를 받을 만한 사람들이 사는 미개한 나라로 전락했다는 사 실을 식민지 지식인들은 눈물로 깨달았다. 그런 의미에서, 『신시 론』 동인들이 문학에 과학적 인식을 결부시키고, 도시적인 감각의 시를 쓰며 청록파와 대립각을 세운 것은 식민 지배를 겪은 지식인 으로서 새로운 시대를 열어가고픈 활동방향의 대표적인 예이다. 유학파를 포함해 1949년 발표한 『신시론』 동인의 『새로운 도시와 시민들의 합창』에는 김경린, 김수영, 임호권, 박인환의 시 외에 양병식이 번역한 번역시를 포함한 20편이 실렸다.

　박인환은 유학파는 아니었지만 영어권의 문학작품을 번역해서 출간할 정도의 실력을 갖추고 있었고 문학을 공부하기 위해 불어를 공부하기도 해서 서구 문물을 흡수하는 데 제약이 적었다.

> 퍽 쾌활하고 스마트한 청년이라는 인상을 받았다. 때로는 너무 쾌활하여 남의 몇 갑절의 이야기를 혼자 장시간 지껄였다. (하긴 그는 그때 젊었고, 또 연애에 열중해 있었으니, 마음이 들떠 있었는지 모른다.)
>
> 그가 지껄이는 이야기란 주로 외국의 젊은 예술가들에 대한 것이었지만, 나는 그가 가십에 가까운 그들 이야기를 그처럼 많이 알고 있는 데 놀라지 않을 수 없었다. 한참 떠드는 이야기를 듣고 있노라면 나까지 청춘 같아졌다. 그리고 때로는, 여기가 서울인지, 프랑스의 파리인지를 분간키 어려웠다.
>
> 확실히 그에게는 서구적인 기질과 풍토가 있었다. 옷차림이나 사람을 대하는 태도가 또한 그러하였다.
>
> —장만영, 「불안정한 연대의 박인환」, 『현대문학』(1962.12)

　위의 글은 박인환의 시가 지나치게 서구적이라는 비판을 받기도 하는 것에 대한 배경 설명도 될 것이다. 그러나 그가 쓴 글의 맥락을 잘 살펴보면 비판과는 다른 내용이 많다는 것을 알 수 있다. 필자는 1948년 박인환이 23세에 발표한 영화평론을 우연한 기회에 국내의 유명한 영화감독에게 읽게 한 후 소감을 물어본 일이 있다. 그때 영화감독은 진지하게 글을 읽으면서 "혼란하고 어려운 시절에 서구의 최신 정보를 모으고 많은 영화를 보아야 가능한 일인데 굉장히 정확하고 예리한 분석을 어떻게 할 수 있었는지 놀라울 뿐이다."라고 말했다. 영화감독에게 보여주었던 박인환의 글 「아메리카 영화 시론」은 10여 페이지가 넘는 분량이기 때문에 중요부분만 간추린다. 이 글은 박인환의 문화예술에 대한 철학을 이해하는 데 많은 도움을 준다.

오락성
아메리카 영화의 숙명, 즉 오락성을 새삼스럽게 말하고 싶지 않다. 아메리카 영화는 오락영화로선 세계 어느 나라보다도 단연 우수하다. 그것이 비교적 재미있고 기교 있게 되어 있다는 것은 아메리카 영화의 제작기구와 필요적인 관계를 맺고 있는 까닭이다. 여러 가지 작품이 비슷비슷하다는 것도 결과로선 오락성이 비슷하다는 것밖에 없다.
전통이 없는 아메리카에서 영화가 기성 예술에 방해당하지 않고 자유스럽게 진행된 것은 극히 자연스러웠으나, 오락 이상의 것을 추구한 사람들에게는 불만을 주었다.

완성기 이후에 영화가 그 예술적 완성을 본 것은 차라리 아메리카가 아닌 다른 나라에서 하였다고 보는 것이 당연할지도 모른다.

2차대전 후에 「꺼져가는 등불」 「평원아」 「잃어진 지평」 등은 서정시적인 데도 있으며 대체로 꿈과 로맨스를 그린 작품이었다. 이 무렵의 아메리카 영화는 무난한 오락성을 가지고 있었다. 꿈을 그리고 사랑을 표현한다는 것은 영화가 처음부터 지닌 커다란 특징이었다. 영화를 오락으로서 볼 때에는 건전하고 아름답고 즐거운 꿈을 그린다는 것이 가장 충실한 사명이라 하겠다. 그러나 천편일률의 로맨스, 결말적인 해피엔드에선 거기에 얼마나 아름다운 꿈이 그려 있다 할지라도 몇 번 지나면 관객은 완전히 권태할 것이다.

아메리카 영화는 무슨 일이 있다 하여도 예술성보다 오락성을 가지고 있지 않으면 관객을 실망하게 한다. 관중층에게 만족하게 하려면 고답적인 영화는 벌써 실패다. 문화적이다 과학적이다 하더라도 물론 오락성이 필요하지만 아마 우리들은 기상천외의 생각을 하지 않는 한 아메리카 영화에서 재래적 예술성은 찾아보지는 않을 것이다.

우리들이 모르는 곳에 아메리카 영화는 오락과 함께 예

술성을 동반하고 있다. 그렇다 해서 모든 아메리카 영화가 단순한 의도 아래 스타 중심으로 오락성의 작품만을 기계적으로 제작한다면 그 경향이 심할수록 할리우드는 정서 없는 예술가의 집단이 될 뿐이요, 영화인은 공업적 생산가 외에 아무것도 아닐 것이다.

문학과 영화

아메리카에서는 소위 베스트셀러는 태반이 영화화되는 모양이다. 아메리카 영화 회사에서는 새로 출판되는 작품을 보는 부문이 따로 있어 가지고 그 작품을 영화화하면 어느 정도의 흥행 가치를 얻을 수 있는가를 제일 먼저 염두에 둔다.

외지를 보면 마거릿 미첼의 명작 「바람과 함께 사라지다」는 영화화된 작품으로선 미증유의 역사적 대작으로 소설보다도 떨어지지 않는다고 한다. 이 소설의 영화화는 여러 가지 점에서 흥미가 있는 것으로 출판되기도 전에 1037페이지의 대작을 영화사로 먼저 보냈다. 영화사에서는 5만 불을 지불한 다음 영화를 만들기 시작했다. 「아메리카의 비극」「대지(펄 벅)」「비는 온다」「공작부인」 등은 조선에서도 상영되었는데 놀랄 만한 사실은 영화는 소설의 일부분만 나타내고 있다는 것이다. 「땅 위의 모든 것과 천국도」「누구를 위하여 종은 울리

나」「탈출」같은 작품도 근일 중 상영될 것이다. 외지
의 평을 보면 상기한 영화는 소설이 가지고 있는 표현
의 반도 없다는 것이다. 영화에는 소설의 골격만 앙상
하게 남길 뿐이요, 영화로서의 특별한 조합은 도저히
만들기 힘든 모양이다.

예술성

물질문화가 극도로 발전하고 전통의 배경은 없는 아메
리카는 예술의 온상은 되지 못한다. 그러나 구라파의
예술가들이 걱정하고 있는 탈피의 고뇌는 없다. 현재의
레벨은 적으나마 아메리카는 아메리카로서의 자신의
예술을 만들고 있다.
구라파의 영화와 아메리카의 예술을 우리는 평가할 때
(구라파의 영화 - 이것은 주로 불란서 영화를 말한다)
구라파 영화는 내향성이고 아메리카 영화는 외연성이
라 한다.
아메리카 영화에서 불란서 영화의 내향성을 찾고 그것
이 보이지 않는다는 이유로 예술을 부정하는 것은 틀
린 일이다. 그러나 구라파의 예술 유산과 주지를 더 많
이 알고 있는 우리로선 간혹 이러한 생각을 하게 된다.
이것은 아메리카의 문화뿐만 아니라 아메리카의 영화
에 접할 때에는 더욱 주의할 문제다. 그러나 그렇다고

해서 우리는 아메리카 영화를 전적으로 훌륭한 예술이
라고는 할 수 없다. 이유는 사회기구의 혼란과 개인의
윤곽이 똑똑치 못한 데다, 예술을 창조하려는 근본적인
예술가의 정신이 없다.

아메리카 영화는 단지 아메리카의 중요한 산업의 하나
다. 그러므로 영화 제작의 기구는 벌써 현대 아메리카
사회의 조직과 혼란을 표현하고 있다.

향수와 판타지

그들은 전시 중 모든 인적·물질 자원을 쏟아냈다. 아메
리카 영화도 역시 힘 모아 일을 하였다. 일선의 병사를
위한 영화, 대외 선전영화, 반 나치 영화, 전후 생활영화
로서 – 그런데 일방 아메리카 시민의 생활고는 심해 가
고 정신적 위기는 어느 곳에서도 볼 수 있었다.

전쟁이 주는 현실이란 몇 년 전의 따스한 생리적 기억
이 아니고 살아나갈 앞날의 생활적 빈곤이다.

이러한 여유 없는 경지에 빠진 아메리카인은 한두 사람
이 아닐 거다. 불안과 혼란은 "우리들은 20세기 문명의
세상에서 살고 있는 것이에요" 하는 사람이면 누구나
느끼는 실망일 게다. 그러므로 아메리카 영화는 내향성
을 무시치는 못하고 외연적이면서도 생활과 정신의 두
가지를 표현하려고 애써본 모양이다. 여기서 처음으로

그들은 예술 유산의 정다움을 알고 사회상의 비참을 똑바로 볼 줄 알게 되었다.

아메리카 영화 예술가는 관념적이나마 재래 예술의 본질인 외면 묘사에만 고집되지 않았다. 그들은 판타지를 그려냄으로써 불건강한 생리를 돕고 물질의 허식으로 된 아메리카의 사회에서 도피하였다.

판타지는 가까운 의미의 생활에의 반항이다. 향수와 판타지, 이것은 시대의 유동으로 변화된 아메리카인의 가장 큰 꿈이요, 현실에 대한 예민한 감수성은 현실사회의 표면적 현상인 결함을 폭로하고 있다.

감상

아메리카 영화를 감상하는 데 가장 중요한 것은 우리들의 의식을 뺏기지 않는 것이다.

아메리카가 자본주의 문명이 극도로 발달한 나라라는 것은 누구나 잘 아는 일이다. 아메리카 문명은 우리의 생활과 사고와는 너무도 떨어져 있고 아메리카의 영화정책은 될 수 있는 한에서 국가정책과 동행하고 있는 것이다.

영화의 제재와 주인공을 모두 자본주의 문명과 사회에 충실하게 하고 그것을 옹호하는 데 전력을 다한다. 우리의 선입감이 아메리카 영화라면 곧 예술 또는 오락이라고 믿는데 그 제작자 자체는 미안하게도 경제를 위한 산물로 알고 있다. 옛날 영화에는 혁명을 취급한 것, 인종 문제와 지리적 해방 또는 노동자의 생활을 그린 영화도 간혹 있었으나 요즘에는 겨우 인간 생활과 죽음의 신비 정도의 영화를 만들고 만족하는 모양이다. 나는 또다시 아메리카 영화가 영화 예술과 오락의 발전을 위하여 새로운 단계로 들어가고 기계 문명의 지반을 벗어나기를 급하게 애쓰라는 것을 말하고 싶다. 그러면 아메리카 영화를 불안 없이 자본주의 문화일지언정 사랑하는 마음으로 감상할 수 있을 것이다.

–『신천지』(1948.1)

오장환이 미술평론을 쓰는 등 미술에 관심이 많았던 관계로 문인 양병식은 해방 후 귀국해서 오장환을 만난 뒤 친해져 그의 시집 『병든 서울』과 귀한 청대의 향로를 남만서점에서 선사받은 일이 있다고 밝혔다. 박인환은 영화, 연극에 관심을 갖고 많은 글을 남겼으며 「욕망이라는 이름의 전차」를 번역하여 연극무대에 올렸으니, 오장환과 박인환은 매우 가까우면서도 취향은 조금 달랐으며 각자 다방면에서 뛰어난 활약을 보인 시인이었다. 박인환이 영화 등 다른 예술 분야에 대해 가진 관심은 그가 가장 중심에 놓고 매진했던 시에 다양한 방식으로 표현되어 있으며, 그가 좋아한 서양의 시인들 역시 시작에만 국한하지 않고 다양한 영역에서 활약

했다. 박인환이 좋아한 마리 로랑생은 화가이면서 시를 썼고, 아폴리네르는 시를 그림처럼 만든 '캘리그램'이라는 독특한 기법을 만들었으며, 장 콕토는 영화감독이자 시인이며 소설, 그림 등에도 자신만의 독특한 예술세계를 표현했다. 박인환 역시 개방적이고 창의적인 예술 환경을 꿈꾸며 그와 같은 방향으로 노력한 것이다. 그러나 박인환이 공부하고 성장했던 사회적 분위기는 그의 꿈과는 크나큰 거리가 있었다. 당시에 문인은 비록 배가 고픈 직업이지만 학식 있는 사람으로 인식됐다면 그에 비해 화가는 때로 '환쟁이'라는 저속한 표현까지 사용하며 괄시받았고 음악가, 배우, 연극인 등도 별반 다르지 않았던 때이기도 했다. 박인환은 예술에 제약을 가하는 그런 시대적 환경에 저항하는 자세가 몸에 배어 있었다. 당시의 문인들은 대중가수는 상대도 하지 않고 거리를 두는 분위기가 있었다고 한다. 정지용 시인의 「향수」를 노래로 만들어 성악가와 대중가수(박인수, 이동원)가 1989년 함께 공연했을 때 일부 성악계에서 비판의 소리가 있었다. 그보다 훨씬 앞선 시절의 박인환은 대중가수 '현인'과도 친하게 지냈고, 현인은 1955년 『박인환선시집』출판기념회에 참석해 그가 좋아하는 샹송을 불러주며 축하했다. 이처럼 자유분방하고 박식했던 박인환은 문단에 일찍 얼굴을 내민 탓인지 또래들과 어울리기보다 나이를 감추고 네다섯 살많은 문인들과 친구로 지냈다. 게다가 유교적 질서를 거부하듯 마음에 있는 말들을 거침없이 내놓기 일쑤여서 일부 문인은 그를 당돌하고 건방진 사람으로 폄하하며 거리를 두기도 했고 그 또한 그들을 고리타분하게 생각하며 상대하지 않았던 것으로 보인다.

　박인환은 인제에서 보통학교를 다니다 서울로 전학을 했고 이후 경기공립중학교에 입학했으나 영화를 보다가 일본인 학생주임에게 걸려서 자퇴를 했을 뿐만 아니라 평양의전을 다니다 그나마도 해방 후 중퇴했다. 파란만장하다는 표현은 과하지만 평범한 이력은 아니어서 또래들과 어울리기엔 쉽지 않았던 모양이다. 경기공립중학교를 자퇴한 사정은 본인이 원해서라기보다 일본의 억압적인 교육제도의 피해자로 볼 수 있겠지만, 평양의전을 다니다 학업을 중단한 일은 본인이 선택한 결정인 만큼 고민도 있었을 것이다. 당시 고뇌의 방향을 짐작할 수 있는 시 「장미의 온도」가 있다.

　　　　나신裸身과 같은 흰 구름이 흐르는 밤

　　　　실험실 창밖

　　　　과실의 생명은

　　　　화폐모양 권태하고 있다

　　　　밤은 깊어 가고

　　　　나의 찢어진 애욕은

　　　　수목壽木이 방탕하는 포도鋪道에 질주한다

　　　　나팔 소리도 폭풍의 부감俯瞰도

　　　　화판花瓣의 모습을 찾으며

　　　　무장武裝한 거리를 헤맸다

태양이 추억을 품고

안벽安壁을 지나던 아침

요리의 위대한 평범을

Close-up한 원시림의

장미의 온도

　－『박인환선시집』(1955.10.15)

　「장미의 온도」는 아주 난해한 시이다. 이 시는 1955년 『박인환선시집』에 실렸지만 1949년 『새로운 도시와 시민들의 합창』에서 이미 「장미의 온도」가 중요한 의미를 담고 있음을 알려준다. 이런 연유로 필자가 「목마와 숙녀」를 연구하겠다고 마음먹은 때부터 「장미의 온도」를 함께 이해하려고 노력했으나 오랫동안 알 길이 없던 주제이기도 했다. 『목마와 숙녀, 그리고 박인환』이라는 책의 후반부에 보면 '원시림'과 「장미의 온도」를 자세히 언급한 내용이 있다. 「목마와 숙녀」는 프로이트의 정신분석 기법이 사용됐고 '원시림'도 프로이트의 『정신분석입문』에 유사한 내용이 있음을 밝혔다. 박인환의 시에는 의학을 공부했던 경험 때문인지 의학용어가 자주 등장한다. 「장미의 온도」에 나오는 '실험실 창밖'도 박인환이 의과대학을 다니던 시절을 연상하게 한다. 통상적으로 의과대학은 실험과 실습이 교육과정의 중요한 부분을 차지하며 실험시간은 규정된 시간을 넘어 밤늦게까지 진행되기 일쑤이다. 늦은 밤 불 켜진 실험실에서 창밖을 내다보면 매우 컴컴하고 유리창 가까이 가지 않는 한 창밖은 잘 보이지 않는다. 그럼에도 시에서 창밖의 흰 구름과 과실의 생명을 바라보듯 언급한 것은 시각적 이미지가 아니라 시인 내면의 추상적 이미지로 보아야 한다. '과실의 생명은 화폐모양 권태하고 있다'는 부분에서 의과대학을 졸업해서 얻을 수 있는 사회적 역할과 경제적 가치가 그의 삶에는 커다란 의미를 부여할 수 없다는 사실을 말하고 있다. 실제로 박인환의 주변 문인 중에는 의학공부를 하다가 중단하고 문인의 길을 걸었던 사람이 많았다. 일제강점기 조선의 지식인들에게 커다란 영향을 끼친 중국의 작가 루쉰[4]은 일본에서 의학을 공부하던 중 중국의 민중들이 일본군에 체포돼 처형당하는 장면을 담은 전쟁영화를 보다가 질병을 치료하는 것보다 무지몽매한 중국 민중의 의식을 깨우치는 일이 더 시급하다고 생각해 의사의 길을 접고 문예 활동에 매진했다. 루쉰은 당시 중국이 어려운 한자의 사용으로 일부 지식인만이 정보를 독점하고 대부분의 민중이 무지한 상황에 놓여 있음을 개탄하며 읽기 쉬운 백화문[5]을 사용하여 소설을 발표한 실천가이다. 박인환도 그와 같은 방향에서 고민했던 것으로 여겨지며, 시의 말미에 나오는 '요리의 위대한 평범'은 화려함으로 치장된 요리보다 재료 본연의 성질을 제대로 발현시킨 요리가 위대한 요리인 것처럼 인간의 삶도 시류에 영합하기보다 근원적인 삶의 목표를 찾아야 한다고 말하는 듯하다.

4) 루쉰(1885~1966) : 『아Q 정전』, 『광인일기』 등의 작품으로 유명한 중국작가.

5) 중국어의 구어체를 말하고 이를 글로 표기한 것을 백화문(白話文)이라고 한다.

경교장 사진

1949년 6월 26일 김구 선생이 암살당했을 때『LIFE』기자는 경교장에서 찍은 사진과 함께 '혼란한 한국 그들의 호랑이를 잃다'라는 제목으로『LIFE』에 게재한다. 그 사진을 보면 굳이 많은 설명이 없더라도 유리창에 난 총알구멍과 군중이 엎드려 우는 현장의 모습을 통해서 대한민국 민중의 현실과 아픔을 느끼는 외국인들이 많았을 것이다.

박인환이『LIFE』의 표지로 사용됐던 'THE LOOK'이라는 제목의 사진을 동인지의 표지로 사용한 의도를 당시의 사람들은 쉽게 이해하지 못했다. 물론 서구에서 의미 있는 한 장의 사진으로 큰 울림을 주는 새로운 형식이 발달했고, 박인환 역시 한 편의 시가 그러한 울림을 동시대의 사람들에게 전달하는 목표를 세웠을 수 있다. 이러한 필자의 해석을 독자에게 강요하며 그의 시도를 대단한 것이라고 미화하고 싶지는 않다. 하지만 식민지 조선에서 해방이 되었어도 약소국의 운명으로 소련과 미국에 의해 강제로 분단된 나라의 현실을 안타깝게 생각하고 강대국으로부터 자주독립을 이루고 싶었던 청년 박인환의 열망은 여러 곳에서 표현됐다. 그러나 서양의 과학문명을 배워 빨리 간격을 메우고 싶었던 그의 문학 방향과 참모습을 아직 모르는 사람들이 많다. 그것은 그가 시대를 앞서나간 탓도 있고, 시대를 앞서간 많은 예술가들의 운명이기도 하다.

1949년 여름,
구름과 장미

구 름과 장미

박 인 환

구름은 자유스럽게
푸른 하늘 별빛 아래
흘러가고 있었다.

장미는 고통스럽게
내려쪼이는 태양 아래
홀로 피어 있었다.

구름은 서로 손잡고
바람과 박해를 물리치며
더욱 멀리 흘러가고 있었다.

장미는 향기 짙은 몸에 상처를 지니며
그의 눈물로 붉게 물들이고
침해하는 자에게 꺾이어 갔다.

어느 날 나는 보았다.
산과 바다가 정막에 잠겼을 때
장미가 시들은 것을……

1949년 여름,
구름과 장미

여름은 통속이고 거지야,
겨울이 와야 두툼한 호옴스펀의
양복도 입고 바바리도 걸치고,
머플러도 날리고
모자도 쓸게 아니냐?

- 강계순, 『아! 박인환, 사랑의 진실마저도 애증의 그림자를 버릴 때』

　위의 글은 주변의 문인이 기억하는 박인환의 이야기이다. 멋쟁이인 박인환과 어울리는 말이기도 했으나 어렵던 시절에 유행이나 따르는 다소 철없는 시인으로 평가되며 그의 시까지도 함께 묶어서 멋만 부린다는 비판을 듣게도 했다. 동료들이 전하는 말 이외에 박인환의 시에서도 여름은 고통스럽고 빨리 지나가야 하는 불편한 계절로 표현되는 대목을 종종 발견하게 된다. 여름이 멋을 내기에 불편하고 무더운 계절이어도 시에 자신만의 감정을 과장되게 표현하여 여름을 고통스럽고 불편하다고 쓰는 일은 지나치다. 「가을의 유혹」이라는 시에 '여름은 느리고 인생은 가고'라는 표현이 있으며, 심지어 「부드러운 목소리로 이야기할 때」에서는 '어느 해 여름처럼 공포에 시달려 지금은 하염없이 죽는다'라는 표현까지 있다. 과연 여름은 그에게 어떤 의미를 가지고 있을까? 박인환의 '여름'이 그가 시에 드러낸 내면의 아픔을 이해하는 데 중요한 단서를 제공할 수도 있다는 가정을 하고 그가 발표한 글과 시를 토대로 여름과 관련한 내용에서 중요한 사건이 있는지 다양한 관점에서 살펴보았다.

나는 인제에서 태어났다. 1년에 한두 번씩 지방 순회 극단이 온다는 것이 내가 자라날 무렵의 마을 최대의 즐거운 일이며 그 다음엔 학교 운동회 이 정도밖에 내 고향에서는 일이 없었다. 장마철 4, 5일간 비가 내리면 춘천에서부터의 산길이 무너져 자동차는 근 한 달 가까이 통행치 않아 교통 통신은 완전히 차단되고 이것뿐이랴 말뿐인 방파제는 아주 힘없이 파손되어 대홍수는 마을을 덮어 나는 예배당 종각 위에 올라가 우리 집은 물론 소, 돼지, 사람들이 떠내려가던 것을 본 생생한 기억이 남아 있다.

-「원시림에 새소리, 금강은 국토의 자랑」, 『내 고장 자랑, 강원도 편』

어린 시절의 기억을 적은 글에서 장마철 홍수 때문에 예배당 종
각까지 올라갔던 기억을 떠올린 내용을 가지고 여름의 아픈 기억
으로 대입하는 것은 지나친 억측이다. 다만 그가 도회적인 성향을
가진지라 고향을 회상하면서도 그다지 진한 향수를 느끼지 않음
을 확인할 수 있다. 박인환이 성장한 이후를 회고한 글 중에서 여
름과 관련된 가장 큰 사건은 6.25전쟁이다. 1950년 한국전쟁 여름
시기에 박인환은 둘째 아이 출산을 앞둔 부인과 함께 미처 피난하
지 못하고 가슴 졸이며 지하생활을 했던 시기를 회고한 글이 있다.
전쟁은 한반도 전체를 휩쓸었고 3년이나 지속하며 엄청난 인명과
물질적 피해를 입혔기 때문에 그에 따른 정신적 고통과 충격은 현
대인이 상상하는 이상이었을 것이다. 그러나 1950년대 한국전쟁
시기를 박인환의 '여름의 아픈 기억'으로 규정하기엔 부족한 점이
있다. 한국전쟁 이전에도 여름에 대한 부정적인 내용이 시에 표현
됐기 때문에 전쟁 이전과 이후를 구별해서 볼 필요가 있다. 그렇다
면 1950년 이전에 어떤 사건이 있었을까? 우리가 주목해야 할 사
건이 1949년 여름에 일어났다.

1949년 7월 16일 박인환을 포함한 UN 출입기자단 5명이 국가보
안법 위반혐의로 체포된다. 박인환은 이때 『자유신문』 기자신분
으로 체포됐고, 8월 2일 5명 중 3명은 구속되고 2명은 풀려났다.

박인환은 풀려난 기자 중 한 사람이었고, 구속된 3명은 후에 집행유예를 선고받았다. 박인환 등 5명의 체포 사유는 남로당원으로 국가보안법 2조를 위반한 혐의였다. UN 출입기자단 5명이 불시에 체포되자 UN 사무실에서도 이를 확인하기 위해 한국기관과 연락을 취하는 과정에서 오고간 편지가 있다. 이 과정 중 1948년 UN 한국대표단의 일원으로 파리회의에 참석하기도 했던 모윤숙이 UN 관계자에게 보낸 영문편지가 있다. 이를 요약하면 유엔 한국위원회에 출입하는 『자유신문』 박인환, 『국도신문』 심래섭, 『조선중앙일보』 허문택, 『서울타임스』 최영식, 『고려통신』 이문남 기자 5명은 남로당원으로 국가보안법 2조를 위반한 확실한 혐의로 체포되었고, 이는 경시청에서 제공한 정보라는 것이다. 궁금한 점은 많다. 과연 박인환은 남로당원이었는가, 여류시인으로 알고 있는 모윤숙이 왜 이 사건에 중요인물로 등장할까?

박인환을 연구한 일부 논문에서는 남로당원일 가능성을 배제하지 않고 있다. 만약 남로당원이 확실하다면 구속을 면하기 어려웠겠지만, 박인환의 처삼촌 이순용이 이승만 정부에서 내무부장관(1951.5~1952.1)을 지낸 인물이기 때문에 그 덕을 입어 풀려났을 수도 있다는 것이다. 기록에 의하면 1949년 박인환이 체포될 당시 이순용은 미국에 있었다. 이순용은 미국의 OSS부대 출신으로 알려져 있으며 이승만과 미국에서 아주 가깝게 지낸 사이로 해방 후 귀국해서 활동하다 다시 미국으로 건너갔고 1949년 말에 한국으로 돌아왔다는 기록이 있다. 비록 이순용이 박인환 체포 당시에 미

Enclosure 3 to Despatch No. 516 of July 22, 1949. American Embassy, Seoul.

RESTRICTED
A/AC.26/W 19/Add.1
20 July 1949

ORIGINAL: ENGLISH

UNITED NATIONS COMMISSION ON KOREA

ARREST OF NEWSPAPERMEN
COVERING THE COMMISSION ACTIVITIES

COMMUNICATION FROM Miss MOH, YOUN SOOK, CHIEF LIAISON COMMITTEE
TO THE UNITED NATIONS COMMISSION ON KOREA

The following communication from the Chief of the Liaison Committee to UNCOK is circulated herewith for information, to the members of the United Nations Commission.

"July 20th, 1949
Liaison Office to UNCOK
Duk Soo Palace, Seoul

"TO: United Nations Commission on Korea

It gives me pleasure to notify you on the matter of the arrests of 5 journalists which I was frequently asked to find out the whole story.

According to an information given by the Police Bureau of Home Ministry of the Republic of Korea, it has been cleared that the above mentioned 5 journalists of the Free Press, Kook To Press, Korean Central Times, Seoul Times and the Korea Press were the normal members of the Southern Korean Labor Party which is one of the leading communistic political party in South Korea, and violated the Law of National Protection No. 2.

These are all the information they have verified on the matter. I shall keep possible contacts with them for further information.

Thank you. Sincerely yours,

/S/ Youn Sook Moh

MOH, Youn Sook
Chief, Liaison Committee
to UNCOK".

모운숙의 편지(국사편찬위원회 이미지 파일)

국에 있었다고 하더라도 이승만 정부에서 내무부장관을 지낼 정도의 인물이라면 그 사건에 영향력을 행사했을 가능성을 배제할 수는 없다. 다만 당시의 통신상황을 고려했을 때 기민하게 대처하고, 중요사건에 영향력을 행사할 만큼의 권력을 가지고 있었는지 의문 또한 있다. 박인환이 남로당원이라고 추정하는 근거를 살펴보면 첫째는 모윤숙의 편지, 둘째는 오장환과의 관계, 셋째는 남로당원이라고 알려진 배인철 시인과의 밀접한 교류를 했다는 등의 사실을 들고 있다. 두 가지는 이미 언급했었고, 새로운 인물인 인천 출신의 배인철은 활동 기간이 짧았던 탓에 독자에게 낯설지만 흑인들의 아픔을 주로 표현한 시인으로 흑인 권투선수를 주제로 쓴 「죠 루이스에게」 등의 작품이 있다. 배인철은 박인환의 마리서사에 자주 드나들었고 오장환, 김광균, 김수영 시인 등과 교분이 많았다. 1947년 5월 늦은 봄 배인철이 애인과 함께 남산을 오르다 괴한에게 총을 맞고 숨지는 의문의 사건이 발생한다. 경찰은 이를 치정사건으로 방향을 잡고 수사를 벌였으나 미해결 사건으로 남았으며, 가족과 주변에서는 정치적 테러 사건으로 보는 견해가 많았다. 박인환이 쓴 「인천항」이라는 참여시는 당시 인천항의 분위기를 아주 자세하게 묘사하고 있어서 인천에 거주하던 배인철의 영향이 있었다고 추정된다.

> 그러나 날이 갈수록
> 은주銀酒와 아편과 호콩이 밀선에 밀려오고
> 태평양을 건너 무역풍을 탄 칠면조가
> 인천항으로 나침을 돌렸다

서울에서 모여든 모리배는

중국서 온 헐벗은 동포의 보따리같이

화폐의 큰 뭉치를 등지고

황혼의 부두를 방황했다.

밤이 가까울수록

성조기가 퍼덕이는 숙사와

주둔소의 네온사인은 붉고

정크의 불빛은 푸르며

　　　　－「인천항」 부분

해방 직후 무역이라는 건 중국 상인들이 중국 각지에서 일본 군용창고나 일본인 상사의 물자를 정크선에 싣고 오면 국내업자들이 오징어나 역시 국내의 일본군 창고에서 나온 화공약품 등과 물물교환을 하는 수준에 불과했다. 46년은 이런 정크무역의 절정기였는데, 한 해 동안 300여 척의 정크선이 인천항을 드나들며 중국 본토의 물자를 실어 왔다. 정크무역은 이익이 10배가 넘는 노다지 장사였다.

　　　　－이한구, 『한국재벌 형성사』

　　시의 내용과 당시의 인천항 분위기가 잘 맞아떨어진다. 항만의 주요시설은 일반인의 출입이 제한되는 관계로 겉모습만 보고 밀무역의 내막을 쉽게 알기는 어려웠겠지만 박인환은 사실적인 묘사를 하고 있어서 배인철의 영향을 받았을 것이라는 추측은 설득력 있다. 배인철의 형이 당시 무역업에 종사했고, 해방 전에는 배인철도 관계했던 것으로 알려지기 때문이다. 그러나 오장환, 배인철 등과 가까웠고 국민보도연맹에 가입했다는 사실만으로 박인환을 남로당원이라 추측하는 것은 무리가 있다. 국민보도연맹 회원 수는 1950년 집계로 30만이 넘었으며, 해당 공무원의 지나친 회원 가입 독려로 실적 위주의 가입이 많았다는 기록이 있다. 오장환과 가까웠던 김광균, 이봉구 등 많은 문인들이 국민보도연맹 회원이었으나 이들을 남로당원이라고 생각하는 것은 상상하기 어렵다.

박인환은 남로당원이 아니었고 정치적 격동기의 희생자였다고 보는 것이 필자의 견해이며, 근거는 명확하다. 1952년 4월 한국전쟁을 지휘하던 UN군 사령관 제임스 밴 플리트(James Van Fleet, 1892~1992) 장군 아들이 공군조종사로 한국전에 참가하여 작전수행 중 대공포 사격으로 비행기가 격추 사망하는 사건이 발생한다. 이때 무초 주한미국대사가 밴 플리트 장군에게 위로의 시를 전달한 일이 있다. 무초 대사가 전달한 위로의 시를 쓴 시인이 박인환이다.

> 어느 날 나는 무심히 찻집에서 친우들과 떠들어 대며
> 차를 마시고 있었다. 그 얼마 전 제8군 사령관 밴 플리

트 대장의 영식 제임스 중위가 북한 폭격에 참가하였다
가 원인 모를 행방불명이 되었고, 또한 제임스 중위는
밴 장군의 외아들로서 장군의 환갑을 축하하기 위하여
한국 전쟁을 방문한 후 공군 장교인 그는 역시 한국에
있어서의 공군 작전에 참가하게 되었으나, 신문의 보도
와 같이 그는 또 다시는 돌아오지 않았던 것이다.

이와 같은 제임스 중위의 불상사는 한국에 있어서의 커
다란 뉴스였을 뿐만 아니라, 일반 시민에게도 큰 감명
을 주었다. 우리나라 신문은 대대적인 보도를 하였고,
이 대통령도 밴 장군에게 위로의 서간을 보내었다는 것
도 알리어졌다.

그리하여, 다방에 모여 앉은 우리들은 제임스 중위 행
방불명에 관한 외신의 이것저것, 또한 육군은 템포가
늦어 공군을 지망하였다는 그의 현대적 감각, 이혼한
그의 아내는 현재 뉴욕 부룩클린 근교에서 이 비보를
들었을 것이라는 AP의 기사가 참으로 감명적이었다는
것을 주고받았다.

더욱이 화제의 발전은 한국 고관의 자식들은 전사는 고
사하고 일본으로 도피하거나, 그렇지 않으면 병정마저
기피하여 버리는데, 외국에서는 이런 일이 있기보다도
솔선, 자제들이 전쟁에 참가하여 공산군과 싸우고 있
고, 또한 전사를 하는 데는 경탄치 않을 수 없었다고 이야기를 하였다.

이러한 우리들의 대화 도중, 공보원에 있다는 V.브루노 씨가 찾아왔다. 그는 나와 처음 만나 반가이 악수하면서 '시'를 한 편 써 달라는 것이다.

한 편의 시란 지금까지 우리들 화제의 중심이었던 밴 플리트 장군에게 보내는 헌시라는 것이다.

보잘것없는 나의 헌시는 영문으로 완역되어 도안 문체로 청서淸書되고, 이것을 밴 플리트 장군에게 무초 대사가 바친 것을 그 후에야 알았다.

－「밴 플리트 장군과 시」

미8군 사령관이자 UN군 사령관인 밴 플리트 장군에게 아들을 잃은 슬픔을 위로하고자 '헌시'를 기획한 미국 대사관은 시인을 선택할 때 여러 가지 사항을 고려했을 것이다. 당연히 시를 잘 쓰는 시인은 기본사항이었을 것이고, 열성적인 좌익 활동을 했거나 해방 전에 적극적 친일 활동을 한 문인들은 배제됐을 것이다. 적극적 친일시인을 선택할 경우 2차 세계대전 참전 군인의 경우 위로가 아니라 모욕감을 부르는 역효과를 불러올 수 있다.

마쓰이 오장 송가

아아 레이테만은 어데런가.
언덕도
산도
뵈이지 않는
구름만이 둥둥둥 떠서 다니는
몇 천 길의 바다런가.

아아 레이테만은
여기서 몇 만 리런가…….

귀 기울이면 들려오는
아득한 파도 소리…….
우리의 젊은 아우와 아들들이

그 속에서 잠자는 아득한 파도소리…….
얼굴에 붉은 홍조를 띄우고
"갔다가 오겠습니다"
웃으며 가더니
새와 같은 비행기가 날아서 가더니
아우야 너는 다시 돌아오지 않는다.

마쓰이 히데오!
그대는 우리의 오장 우리의 자랑.

그대는 조선 경기도 개성 사람
인씨^{印氏}의 둘째 아들 스물 한 살 먹은 사내.

마쓰이 히데오!
그대는 우리의 가미가제 특별 공격 대원.
귀국 대원.

귀국 대원의 푸른 영혼은
살아서 벌써 우리에게로 왔느니.
우리 숨쉬는 이 나라의 하늘 위에
조용히 조용히 돌아왔느니.

우리의 동포들이 밤과 낮으로
정성껏 만들어 보낸 비행기 한 채에
그대, 몸을 실어 날았다간 내리는 곳.
소리 있어 벌이는 고운 꽃처럼
오히려 기쁜 몸짓하며 내리는 곳.
쪼각쪼각 부서지는 산더미 같은 미국 군함!

수백 척의 비행기와

대포와 폭발탄과

머리털이 샛노란 벌레 같은 병정을 싣고

우리의 땅과 목숨을 뺏으러 온

원수 영미의 항공모함을

그대

몸뚱이로 내려쳐서 깨었는가?

깨뜨리며 깨뜨리며 자네도 깨졌는가-

장하도다

우리의 육군 항공 오장_{伍長} 마쓰이 히데오여!

너로 하여 향기로운 삼천리의 산천이여!

한결 더 짙푸르른 우리의 하늘이여!

아아 레이테만이 어데런가.

몇 천 길의 바다런가.

귀 기울이면

여기서도, 역력히 들려오는

아득한 파도소리……

레이테만의 파도소리……

-서정주, 『매일신보』(1944.12)

밴 플리트 장군은 2차 세계대전에 참전해 전쟁에서 승리하고 돌아온 미국의 영웅이다. 2차 세계대전에서 일본은 진주만을 폭격해 미국 땅을 직접적으로 타격한 유일한 나라였으며, 많은 미국의 젊은 병사들의 목숨을 앗아갔고 막대한 피해를 입혔다. 바로 한국전쟁이 발발하기 5년 전만 해도 미국과 일본은 전쟁 중이었다. 미국의 항공모함을 부숴버리라는 내용이나 미국과의 성전에 청춘을 불사르라는 내용의 시를 발표한 서정주, 모윤숙 등이 '헌시'를 바쳤다면 어떻게 되었을까? 또한 한국전쟁 중에 남로당원 출신이 '헌시'를 썼다면 어땠을까?

격동기를 거친 노련한 관료들이 모였을 미국 대사관에서 이러한 가능성을 고려하지 않고 시인을 선정했다고 생각하지 않는다. 서정주는 이승만의 전기를 썼으니 권력층과 가까웠을 것이며, 모윤숙은 UN 한국대표를 지낸 유명인사로 UN이나 미국 대사관과는 많은 접촉이 있었을 것이다. 그럼에도 불구하고 박인환이 선택된 것은 무엇을 의미할까? 모윤숙의 남편 안호상은 초대 문교부 장관을 지냈고 1952년 당시에도 모윤숙은 이승만 정부와 긴밀한 관계였다. 모윤숙은 이미 박인환이 1949년 국가보안법 2조를 위반한 남로당원이라는 명확한 정보로 체포됐다는 편지를 UN 한국대표부에 보낸 당사자이다. 미국 대사관이 '헌시'를 쓸 후보자로 물색한 시인에 대해 대한민국 정부나 한국문단을 통해서 최소한의 신원확인 절차도 거치지 않았다고 가정하는 것은 무리가 있다.

만약 박인환이 남로당원이 아니라면 왜 체포됐을까? 우리는 박인환이 체포된 시기의 정치적 상황을 이해할 필요가 있다.

　이승만 정부는 1949년 내무부 차관 장경근張璟根의 주도하에 6월 6일 경찰력으로 반민족행위특별조사위원회 사무실을 습격해 특경대 대원을 체포하고 무장해제 시켰다.

　1949년 6월 26일 안두희는 현역 육군 포병소위 신분으로 백범白凡 김구 선생의 개인 저택인 경교장京橋莊에서 4발의 총탄으로 김구 선생을 암살하였다. 1949년 7월 5일 국민장으로 치러진 김구 선생의 장례식에는 엄청난 인파가 모여 애도를 하였고 이승만 정부에 대한 국민들의 불신이 극에 달했다. 1949년 7월 20일은 김구암살 사건 수사발표가 예정되어 있었다. 바로 수사발표 며칠 전 박인환 포함 5명이 UN 출입기자단 신분으로 체포된 것이다. 당시 언론계는 박인환이 체포되기 전에 이미 7개의 신문사와 1개의 통신사가 폐간된 상태였다.

　　　언론 단속조치 7개항을 발표하여 미군정 당국보다 언론에 대해 더 엄격한 태도를 취하였다. 이와 같이 강경한 언론단속을 행함에 따라 대한민국 정부 수립 이후 1949년 6월까지 미군정법령 88호와 (광무)신문지법에 의해 행정처분을 받은 각종 간행물은 제일신문, 세계일보, 국민신문, 대한일보 등 모두 59개사나 되었다.
　　　－이희문, 「대한민국 정부수립 이후 언론관계법의 발전과 평가 －
　　　제헌헌법부터 제9차 개정헌법까지」

박인환이 체포되기 이전 대한민국 언론은 이미 심각한 타격을 입은 상태였고, UN 출입기자단에 대한 탄압은 UN의 눈길이 미치는 곳이어서 부담스러웠겠지만 이승만 정부도 이제는 돌이킬 수 없이 악화된 여론을 잠재우기 위해서는 철저히 언론을 봉쇄해야만 하는 외나무다리를 건너는 상황이었다. 친일경찰은 반민특위를 해체시키는 등 국민정서와 정반대되는 행위를 저질렀고 여론이 극도로 악화된 상태에서 이승만 정부는 해외로 나가는 기사 내용도 통제할 필요가 있었을 것이다. 미국은 중국의 부패한 장개석 정부가 어떻게 붕괴됐는지 너무도 잘 알고 있었고 남한의 단독정부가 중국과 같은 길을 걷는 것을 원치 않았을 것이다. 이승만 정부는 미국의 지원이 끊길 경우의 상황을 상상하기조차 싫었을 것이다. 이런 정치적 상황에서 김구암살사건의 수사결과 발표 직전에 체포한 기자들을 과연 어떻게 다루었을지는 너무나 뻔하다. 고문 등의 가혹한 수사기법은 일본의 식민지하에서 악명을 떨쳤는데, 급작스런 해방 후 친일경찰들은 위기의 순간을 맞았으나 미군정하에서 극적인 회생의 기회를 잡았고 그들은 자신의 생존을 위해 사력을 다했기 때문에 일제강점기보다 더 가혹한 고문과 사건조작이 있었다는 증언들이 있다.

　　　　구름은 자유스럽게
　　　　푸른 하늘 별빛 아래
　　　　흘러가고 있었다

장미는 고통스럽게
내려쪼이는 태양 아래
홀로 피어 있었다

구름은 서로 손잡고
바람과 박해를 물리치며
더욱 멀리 흘러가고 있었다

장미는 향기 짙은 몸에 상처를 지니며
그의 눈물로 붉게 물들이고
침해하는 자에게 꺾이어 갔다

어느 날 나는 보았다
산과 바다가 정막에 잠겼을 때
장미가 시들은 것을……

ー「구름과 장미」, 『학우 2학년』 3호 (1952.9)

　박인환은 종종 자신을 장미로 표현한다. 조병화 시인이 박인환
을 추모한 시에서도 '장미의 온도' 너를 잃었다고 말하며 그를 애
도했었다. 박인환이 여름을 싫어하고 자신을 시들은 장미로 표현
하는 것에 오랫동안 궁금증을 갖다가 문득 기상청 자료를 찾아보

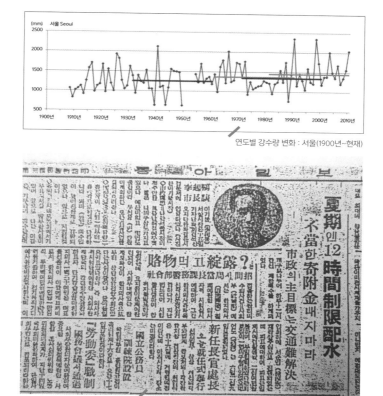

연도별 강수량 변화 : 서울(1900년~현재)

1949년 6월 16일자 동아일보(여름철 12시간 제한급수를 한다는 기사)

았다. 설마 했지만 1949년은 기상관측 100년 역사에서 가장 가물었던 여름이다. 당시 가뭄은 서울을 포함한 중북부 지방에 집중됐다. 자료를 확인하는 순간 왜 박인환이 그토록 여름을 싫어했는지, 외롭고 시들은 장미가 무엇을 의미하는지 알게 됐다.

박인환을 포함 함께 체포된 기자들은 전혀 예측하지 못한 상태에서 맞이한 일에 무척 당황했을 것이다. 그리고 남로당원임을 실토하라는 압박과 고문이 1949년 무더운 여름 밤낮 내내 이어졌을 것이다. 여러 논문에서 박인환이 직접적으로 고문을 포함한 강압 수사를 받았을 것이라고는 적시하지 않았어도 그와 같은 상황을 배경에 두고서 박인환 시를 연구 발표한 논문이 다수 있다.

> 시인 박인환은 모더니스트, 댄디스트, 센티멘탈리스트 등으로 규정되어 왔다. 박인환의 시 세계는 1950년을 전후하여 변화하였다. 1945년 8.15 이후부터 1950년 사이에 씌어진 그의 시는 격렬한 정치성과 사회성, 구체적인 시사적 현실성을 기조로 하고 있다. 그런데 1950년대 그의 시는 페시미즘적이고 감상주의적인 경향을 보인다. 이 대조적 변화의 계기에 대하여 지금까지는 한국전쟁의 비극적 체험의 결과라고 이해되어 왔다. 그런데 박인환은 한국전쟁 직전인 1950년 5월에 이미 「1950년의 만가」라는 시를 발표하였는데, 이 시는 한 시인의 자기모멸과 절망을 주조로 하며, 스스로를 조상하고 있어 주목된다. 이런 죽음의식이 이미 한국전쟁 이전에 나타나는데 이는 국가보안법 – 국민보도연맹 – 전향 – 동원 등과 연관되어있는 것으로 보인다.
>
> ─정우택, 「현대문학: 해방기 박인환 시의 정치적 아우라와 전향의 반향」

위의 논문은 여러 박인환 연구자가 왜 1949년 여름의 사건에 주목하는지에 대해 간략하면서도 잘 설명하고 있다.

1949년 여름의 사건에서 모윤숙은 UN 한국대표부로 보낸 답신에 '국가보안법 위반 혐의로 조사를 받고 있는 것으로 안다'고만 전하고 추가로 들어오는 정보는 신속하게 전달하겠다는 형태로 말했어도 충분한데 그렇지 않았다. 모윤숙은 시인으로서 문단의 후배라고 볼 수 있는 박인환 시인이 포함된 사건에 국가보안법 2조를 위반한 남로당원이라는 확실한 정보로 조사를 받고 있다는 확신에 찬 어조의 답신을 했다. 아직 수사결과가 나오기 전임에도 불구하고 수사권자도 아닌 사람이 확정적인 메시지를 보낸 것이다. 모윤숙이 UN 한국대표부가 이 사건에 개입할 여지를 사전에 차단하려는 의도를 가진 정부 당국자와 같은 태도를 보인다는 것은 그녀가 단순한 여류시인만은 아니라는 말이다. 이제 우리는 모윤숙이 UN에 한국대표로 활동한 외에 정보관련 직책이 있었거나 유사한 정치적 활동이 있었는지 살펴보아야 한다.

과거 모윤숙은 정치적으로 중요 인물로 분류돼 미군방첩대에서 '낙랑클럽'과 관련한 내용을 중심으로 비밀내사를 받은 일이 있다. 『월간중앙』은 1995년 2월호에 미국국립문서보관소에서 새롭게 비밀분류를 해제한 문서를 토대로 '낙랑클럽'과 모윤숙에 대한 심층보도를 했다.

이 단체는 그동안 미국의 국익에 반할 가능성 때문에

미군방첩대(CIC: Counter Intelligence Corps)의 은밀한 내사를 받아왔다.

<문제점: 낙랑클럽에 대한 방첩대의 수사가 확대되어야 하는가>

가정 1, 낙랑클럽은 로비와 정보수집을 목적으로 하는 한국정부의 하부기관이다. 2. 낙랑클럽과 접촉한 상당수의 유엔고위 관계자와 정보원들은 이 조직에 대한 전모를 모를 수 있다. 3. 한국 정부는 낙랑클럽에 대한 조사가 시작될 경우 이를 불쾌히 여겨 자신들이 갖고 있는 유엔 관계자들에 대한 개인 정보를 폭로하겠다고 위협할 가능성이 있다.

＊ ＊ ＊

미국 샌프란시스코 지역에서 발행되는 『데일리 팔로 알토 타임스』지의 애니너 스폴딩 기자는 낙랑클럽에 대한 소문이 무성하던 당시 낙랑클럽의 활동무대였던 부산을 방문, 전모를 취재하고 그해 12월 24일자 신문에 이를 게재했다.

한국에서 가장 전설적인 여성은 한국 여성 2백 명을 주한외교관, 군 고위 장성, 정부 고관 등을 접대하기 위해 자유당의 접대부로 조직한 시인이자 정치인이다. '미세스 모'로 알려진 모윤숙은 자신의 군단을 '낙랑 걸'로 부르고 있다. 그러나 다른 일부 사람들은 이들을 '마타하리'로 묘사하고 있다. 일부 낙랑 걸들은 공산주의자를 위해 간첩행위를 하고 있다.

어떻든 모 덕분에 이승만 대통령은 유엔사령부가 생각하고 있는 모든 것을 사전에 알 수 있다. 부산에 있는 낙랑클럽의 지도부는 사회적인 지위와 명성을 갖춘 중년여성들로 구성돼 있으며 이들은 군장성과 외교관들을 위해 항상 파티 계획을 세우고 있다.

* * *

다음은 미군방첩대가 한국전쟁 직후인 53년에 작성한 낙랑클럽의 개요다.

낙랑클럽은 서울에 거주하는 여성들에 의해 1948년이나 49년께 사회단체로 조직됐다. 이 단체의 목적은 외국귀빈, 한국 정부, 고위관리 및 군 장성, 주한외교사절 등을 접대하기 위한 것이다. 이 단체는 한국전쟁으로 인해 한때 부산에서 활동하기도 했다.

이 단체의 회원은 한국의 모 여자대학교를 졸업한 교육받은 여성들에 주로 국한됐다. 이들은 대개 영어를 할 줄 아는 매력적인 여성들로 교양 있는 호스테스였다.

이 단체는 외무장관 지원을 받아 조직된 것으로 알려져 있다. 이 클럽이 정부의 정책에 우호적이었기 때문에 이 같은 주장은 더욱 설득력을 갖는다. 이 대통령의 부인인 프란체스카 여사의 재가와 후원을 받은 것으로도 알려졌다.

-金祥道, 「6·25무렵 毛允淑의 美人計조직 '낙랑클럽'에 대한 美軍
방첩대 수사 보고서」, 『월간중앙』(1995년 2월호)

『월간중앙』은 기밀문서의 분석과 외국 언론의 기사내용 외에
도 모윤숙이 1979년 4월 12일 국내의 한 일간지와 낙랑클럽에 대
해 인터뷰한 구체적 내용도 함께 실었다. 『월간중앙』은 심층보도
를 통해서 당시 모윤숙이 국내외의 정보수집 활동과 이승만 정부
내에서 많은 활약을 했고, 그저 단순한 문인이 아니었음을 밝히고
있다.

박인환에게 모윤숙은 가까운 문단의 선배 시인이 아니라 누구
누구와 친한지, 어떤 성향을 가지고 시를 쓰는지, 발표한 시의 의
미까지도 꿰뚫고 있는 사람이며 더욱이 박인환과 그 주변은 대부
분 친일파를 배격하던 사람들로 모윤숙과는 사이가 좋지 않았다.
1949년은 그해 이른 여름부터 박인환에게 아량을 베풀 여지도 없
이 비극적인 사건이 전개되며 숨 가쁘게 흘러가고 있었다.

1950년의 만가挽歌

1950년의 만가 挽歌

박 인 환

불안한 언덕 위로

나는 바람에 날려 간다.

헤아릴 수 없는 참혹한 기억 속으로

나는 죽어 간다.

아 행복에서 차단된

지폐처럼 더럽힌 여름의 호반

석양처럼 타올랐던 나의 욕망과

예절 있는 숙녀들은 어디로 갔나.

불안한 언덕에서

나는 음영처럼 쓰러져 간다.

무거운 고뇌에서 단순으로

나는 죽어 간다.

지금은 망각의 시간.

서로 위기의 인식과 우애를 나누었던

아름다웠던 연대를 회상하면서

나는 하나의 모멸의 개념처럼 죽어 간다.

1950년의 만가^{挽歌}

해방 후부터 영화, 문학 등의 다양한 분야에서 평론과 시를 신문과 잡지에 발표하며 활발하게 활동하던 박인환은 1949년 여름 이후 시작 활동에 뚜렷한 변화를 보인다. 1949년 3월 이후부터 1951년 6월 「회상의 긴 계곡」이라는 시를 발표하기까지의 2년여의 시간 동안 「1950년의 만가」라는 극히 우울한 시 한 편을 발표한 것을 제외하고 시의 공백기를 둔다. 그러나 영화와 관련해서는 1949년 11월 「전후 미·영의 인기 배우들」, 1950년 2월 「미·영·불에 있어서 영화화된 문예 작품」을 발표하는 등 꾸준하게 활동을 이어갔다. 1950년 6월 25일에 발발한 전쟁을 감안하더라도 시의 공백기는 길었다.

피난 당시 그는 나와 마찬가지로 대구에 있었고, 또 가끔 중앙통에 있는 조그만 다방에서 매일같이 만나곤 하였으나 차를 나눌 정도일 뿐, 별로 같이 어울려 다니지는 못했었다. 왜냐하면 그때 그는 시에 흥미를 잃고 있었기 때문이었다. 본인의 속셈은 몰라도 적어도 외면적으로는 그렇게 보였다. 거기다 그가 밤낮없이 만나 어울려 다니는 친구란 신문 기자이거나 군인들이었고……

–장만영, 『현대문학』(1962.12)

장만영의 회고에 나온 것처럼 박인환은 정말 시에 흥미를 잃었을까?

그 무렵부터 이럭저럭 세월이 가는 동안에 박인환은 나의 친구가 되고, 가끔 술자리에 이봉구 또 누구누구가 모여 앉아, 좌우가 머리가 깨어져라 싸우는 문단 안에서 거기만 무풍지대처럼 따뜻한 술잔을 나누었다.

사귀어 지내는 동안 박 청년에 대한 나의 생각은 곧 달라졌다. 첫째 사람이 때가 묻지 않았고, 수줍은 데도 있었으나, 예리한 대목과 엉뚱한 데가 있어서 연령의 벽을 넘어서 둘의 공통되는 시대감각이랄까 그런 것이 있었다. 시에 대한 열기는 만만치 않아서 이쪽이 차라리 압도당할 듯해서 소설가, 시인이 정치판에서 하도 떠들던 시대라, 나는 작은 '백학'을 발견한 느낌까지 들었다. 그가 쓴 시를 몇 편 읽어 보고, 그의 시는 앞으로 모더니즘 테두리 안에서 다루어질 것이라 생각했고, 모더니즘 시인이라면서 이미 퇴색하기 시작한 김기림이나 나의 시보다 조금 더 문명에 가까운 곳을 향하여 걸어가는 자세를 볼 수 있었다.

-김광균, 「마리서사 주변」, 『박인환전집』, 문학세계사(1986)

김광균 시인이 박인환의 시 열기에 압도당할 듯했다고 하는 말은 선배로서 고인에 대해 좋게 말하고 싶은 따뜻한 마음의 표현일 수 있다. 그러나 김광균 시인이 갖는 시에 대한 자부심과 애정을 아는 사람은 결코 가벼이 그런 말을 했다고 생각하지 않을 것이다. 김광균이 언급한 것처럼 시에 온 정열을 불태우던 사람이 왜 갑자기 시에 무심한 태도를 보이며 살았을까? 바로 1949년 여름의 사건, 박인환의 시, 그가 밝힌 '시론' 등에 중요 단서가 있을 것이다.

「1950년의 만가」는 깊은 우울과 삶에 대한 의욕이 사라진 내면의 고통이 표현된 시라는 것은 누구나 알 수 있으나 시에서 구체적인 이유를 찾아내기는 쉽지 않다. 특히,

아 행복에서 차단된
지폐처럼 더럽힌 여름의 호반

석양처럼 타올랐던 나의 욕망과

예절 있는 숙녀들은 어디로 갔나.

이 부분에 나오는 '여름의 호반, 예절 있는 숙녀'는 시의 전반에 걸쳐서 표현된 죽음에 이르는 우울한 분위기와는 다르게 서정적이고 낭만적인 시어라서 다소 생뚱맞은 느낌을 주기도 한다. 시의 내용이 깊숙한 내면의 고통을 표현하고 있어서 '나의 욕망과 예절 있는 숙녀들은 어디로 갔나.'라는 표현을 쓸 만큼 한가로워 보이지 않는데도 말이다! 습작의 시도 아니고 신문에 실을 시를 대충 써서 내보내지 않을 터이니, 우리는 「1950년의 만가」에 나오는 시어들의 상징적 의미를 곱씹어 볼 필요가 있다. 그리고 박인환의 시 말고도 평론 등의 글을 통해서 실마리를 풀어갈 수 있다.

박인환이 쓴 「현대시의 불행한 단면」이라는 글의 첫머리는 외국 시인의 인용글로 시작된다.

시인은 시인인 동시에 다른 사람들과 같은 것을 먹고 동일한 무기로 상해를 입는 인간인 것이다. 대기에 희망이 있으며 그것을 듣고 고통이 생기면 그것을 느낀다. 인간으로서 두 개의 불 사이에 서 있는 것이다. 그러나 시인은 민감한 도구이지 지도자는 아니다. 관념이라는 것은 그것이 실제적인 정신에 있어서 상식으로 되지 않는 한 시인의 재료로는 되지 않는다. 십자로에 있는

거울처럼 시인은 서서 교통을, 위험을, 제군들이 온 길
과 제군들이 갈 길 – 즉 제군들 자신의 분열된 정신 – 을
나타내는 것이다. (C. D. 루이스)

스티븐 스펜더는, 오든과는 사상적 입장을 달리했으나
엘리엇이 파괴되어가는 세계 문명에 대해 종교적 방법
을 구한 데 반하여 그는 정치적 또는 심리학적인 구제
를 구했다. 그들은 열심히 희망에 넘쳐 미래의 무한의
가능성을 직시하였다. 인간관에 있어서도 르네상스 이
후 인간에게 절대적인 신뢰를 주었던 휴머니즘을 감상
주의와 개인주의에 타락된다고 부정하고 인간에의 신
뢰를 회복하려고 하는 뉴 휴머니즘을 취하였다. 그들은
시작 이외에 정치와 사회에 큰 관심을 경주하여 시인이
란 그 사회의 사람들을 계몽하여 지도하는 특별 임무를
지닌 사회적인 책임 있는 인간이라고 생각하였다.

–『주간 국제』(1952.6)

　외국의 선진시인들의 입장을 소개하면서 박인환은 시인이란 실
존하고 있는 세상을 반영하는 시를 쓰고 미래를 지향해야 된다는
뜻에 공감을 표한다. 'C. D. 루이스'가 말한 십자로의 거울처럼 세
상에서 중요한 역할을 하는 시인이라면 시인은 세상을 옳게 바라
보고 이를 반영하기 위해서 내면의 거울을 항상 깨끗하게 유지해

야만 할 것이다. 그러나 박인환이 1949년 여름의 사건에서 고문을 통한 강압적인 수사과정에서 자신의 신념을 저버렸을 가능성을 상기하면 '지폐처럼 더렵혀진 여름의 호반'을 이해하기 쉽다. 여기서 '호반'은 자연의 호수가 아니라 시인 박인환이 간직

동인지 「단층(斷層)」

한 내면의 거울이다. 지폐는 인간의 탐욕을 상징한다. 시인이 양심과 부당한 권력의 위협 사이에서 생존을 선택함으로써 삶의 원천과도 같던 시의 자긍심이 무너진 것이다. 염철·엄동섭이 펴낸 『박인환문학전집1-시』에 의하면 박인환이 1946년 4월 『순수시선』에 발표한 「단층」이라는 시가 최초의 발표작이라고 밝힌 바 있다. 후에 「단층」은 「불행한 샹송」으로 바뀌어 『박인환선시집』에 실렸다. 시에 있어서 제목은 항상 중요한 의미를 갖는다. 시의 제목은 시 전반에 흐르는 의미를 함축하고 있거나 시대적 상황과 맞물리는 상징성을 갖는 경우가 많아 제목이 바뀌는 경우는 흔치 않다. 「단층」이라는 제목을 굳이 뜻을 알기가 어려운 「불행한 샹송」으로 바뀐 사실에 추정 가능한 내용이 있다. 1930년대 말 평양을 중

심으로 한 지역문단에서 『단층斷層』이라는 동인지를 만들어 모더니즘 활동을 했던 문인들이 있다. 『단층』 동인 중에 김조규 시인은 일제강점기에 카프[6]에서 활동했으며 해방 후 북한에서 활발한 활동을 한 시인이다. 박인환이 평양의전을 다니다 해방 후 서울로 왔기 때문에 「단층」이라는 시의 제목으로 북쪽의 문인들과 가까운 사이라는 의혹과 추궁을 받았을 가능성이 있다. 시에 자신의 삶을 걸었던 시인이 시의 의미를 잘 전달할 목적이 아니라 부당한 압박으로부터 위험을 피하고자 제목을 바꿔야 했다면, 우리는 조금이나마 그의 심정을 이해할 수 있을 것이다. 어처구니없는 상상이라고 말할 사람도 있겠으나 당시는 더한 일도 가능한 시절이었다. 박인환의 많은 시에는 비록 고문이라는 가혹한 상황이 있었더라도 시를 위해 순교를 택하지 못한 자신을 절망과 회한으로 자학하는 내용이 가득하다.

6) 카프는 1925~35년에 활동했던 진보적 문학예술운동 단체(KAPF : Korea Artista Proleta Federatio)로 에스페란토어에서 따온 명칭이다.

밤마다 나는 장미를 꺾으러
금단의 계곡으로 내려가서
동란을 겪은 인간처럼 온 손가락을 피로 물들이어
암흑을 덮어 주는 월광을 가리키었다.
나를 쫓는 꿈의 그림자
다음과 같이 그는 말하는 것이다.
……지옥에서 밀려 나간 운명의 패배자

너는 또다시 돌아올 수 없다

-「종말」부분

「종말」이라는 시의 제목처럼 삶의 의지가 꺾이고 종말로 치닫는 시가 허다하다. 1950년 5월에 발표한 「1950년의 만가」를 시작으로 박인환의 시 세계는 희망이 사라지고 젊은 시기의 힘찬 울림은 소리 없이 흩어져버렸다.

한 걸음 한 걸음 나는 허물어지는

정적과 초연의 도시 그 암흑 속으로······

명상과 또다시 오지 않을 영원한 내일로······

살아 있는 것이 있다면

유형의 애인처럼 손잡기 위하여

이미 소멸된 청춘의 반역을 회상하면서

회의와 불안만이 다정스러운

모멸의 오늘을 살아 나간다.

-「살아 있는 것이 있다면」부분

이처럼 1950년 이후에 발표된 박인환의 많은 시는 1949년의 가혹했던 여름을 알아야 이해가 된다.

'예절 있는 숙녀들은 어디로 갔나' 부분을 이해하기 위해서는 「1950년의 만가」가 발표된 당시 해외 언론에도 실렸으며 후에 미국에서 드라마로까지 만들어진 유명한 사건을 살펴보아야 한다. 1950년 4월 하순에 '여간첩 김수임' 사건이 터졌고, 미군 대령과 남로당원이 관계된 '이중간첩사건'은 국내에서도 영화와 드라마의 단골 소재가 됐다. 김수임은 모윤숙과 이화여전 동문으로 아주 절친한 사이였으며 낙랑클럽의 멤버로도 알려졌다. 앞서 『월간중앙』에 나온 내용 중 미군방첩대가 조사했고 미국언론의 기사에도 나오는 '마타하리'는 바로 김수임을 지칭한다.

김수임의 애인은 이강국이라고 독일에서 유학한 항일투사였다. 일정 때 서울에서 민족운동을 하다가 왜경에 잡혀 함흥에서 옥고를 치루었다. 이때 수임은 이강국에게 옷과 밥을 차입하러 부지런히 다녔다. 8.15해방과 더불어 이강국은 석방되었지만 현실주의자로 마르크스와 레닌의 학설을 신봉하는 열변가이기도 했다. 그래서 이강국과 김수임은 이승만 박사 편에 서지 않고 여운형 편에 서서 좌익진영에 열렬히 박수를 보내고 있었다. 그러던 어느 날이었다. 이강국은 전에 없이 그를 윽박질하며 욕설을 퍼부었다.

"여보, 모 선생, 문단에서 이태준 같은 소설가는 미국을 얼마나 증오하고 있는지 아시오? 임화, 김남천, 이원조 같은 분도 미국을 원수로 알고 있소. 이승만이가 미국

꾀임에 넘어간다면 우리나라는 자본주의 국가의 노예가 된다는 것을 아시오?"

이 정도는 약간이었다. 이 난국을 슬기롭게 수습해 나갈 수 있는 분은 오직 이승만 박사라는 그의 주장을 일축하고 반동분자라는 말까지 하며 저녁밥상을 차서 그의 치마에 뒤엎어 놓았다. 이 지경에 이르니 김수임도 이강국 편에 들어 합세했다. 자연히 두 사람 사이의 우정에 금이 가기 시작했다.

김수임과 그는 이 해괴한 사건이 있은 후 몇 해 동안을 서로 격조하게 보냈다. 이화여전 시절부터 김수임과 그는 생일이 3월 1일과 3월 5일로 되어 있어서 하루에 두 생일을 묶어서 지냈다.

6.25동란이 나기 석 달 전 바로 그의 생일인 3월 5일 아침이었다. 느닷없이 전화벨이 울리더니 수임의 목소리가 낭랑하게 들렸다. 그러니까 만 5년 만에 처음 듣는 목소리였다. 그의 생일이니 저녁에 미역국이라도 옛날처럼 함께 먹자는 것이었다.

그날 저녁 6시경이었다. 봄비가 시름시름 뿌리는 회현동 그의 집 현관 앞에 김수임이 웃음을 띠며 나타났다. 그 웃음 어딘가에는 수심이 가득 깃들고 있었다. 지난 날 있었던 일을 몹시 후회한다면서 눈시울을 적시고 있었다.

그때는 이미 이강국이 이북으로 넘어가고 미군 대령과 동거생활을 하고 있을 무렵이었다. 이강국에게 속아서 죄를 많이 졌다고 참회했지만 때는 늦었다. 김수임의 체포령이 내려 헌병들이 뒤를 밟고 따라 왔었다. 어느새 김수임의 두 손에는 수갑이 철걱 채워졌다.

-장석향 편저, 「시몬, 그대 창가에 등불로 남아」, 『모윤숙 평전』

장안의 화제를 몰고 온 김수임은 1950년 4월 17일 체포, 4월 21에 기소됐는데 위의 글에 3월 5일 김수임이 체포됐다고 하는 기록이 나오는 것은 당시 음력으로 생일을 지내던 관습 때문에 음력과 양력이 뒤섞인 결과로 보인다. 양력으로 환산하면 1950년의 음력 3월 5일은 양력 4월 17일이다.

박인환의 체포에 모윤숙은 깊은 관련이 있으며, 그 모윤숙이 다시 중요한 정치적 사건에 연관되어 언론에 등장했다. 이번에는 그녀의 오랜 친구가 간첩 혐의를 가지고 그녀와 생일식사 자리에서 체포된 것이다. 미군 대령의 집에 있는 김수임을 손쓰기 어려웠던 한국 경찰은 우연인지 모윤숙과 통했는지 모르지만 모윤숙과의 식사를 위해 밖으로 나왔을 때 그녀를 체포했다.

『신동아』 2008년 10월호에서도 <'한국판 마타하리' 김수임 사건 미 비밀문서 집중분석>이라는 제목으로 심층보도를 했다. 『신동아』의 내용에 따르면 김수임이 베어드 대령을 만난 것은 '낙랑클

1950년 6월 17일 『경향신문』
여간첩 김수임사건에 대한 기사,
'모(毛)여사 증인대서 진술'이라는 기사

1950년 5월 16일 『경향신문』
「1950년의 만가」

럽'이 만들어지기 이전인 1946년경이라고 밝혔다. 또한 김수임이 체포될 때 모윤숙이 먼저 전화를 걸어서 생일식사 약속을 잡았다는 상반된 증언도 있다고 밝혔다.

이처럼 김수임 사건에 모호한 내용이 많은 이유는 알 수 없는 사유로 중요한 재판 기록이 사라지고 없는 등 의문스러운 일이 많은 탓이다. 김수임이 체포된 후 재판정에 나올 때는 혼자서 걷지도 못할 정도로 건강이 안 좋았다는 증언이 있는데 세간에서는 고문에 의한 후유증으로 추정했다.

이런 와중에 1950년 5월 16일자 『경향신문』에 「1950년의 만가」라는 시가 실렸다. 당시 『경향신문』의 문화부장 김광주 기자는 소설가로서 김구 선생과 상해의 임시정부 시절부터 함께 독립운동을 했으며 박인환과는 호형호제하는 사이였다. 「1950년의 만가」에 등장하는 '예절 있는 숙녀들은 어디로 갔나'라는 내용은 모윤숙과 주변인물을 지칭하는 것으로 추정된다. 모윤숙이 친일 활동을 시작하기 전에는 만주의 용정여학교에서 교사로 근무하며 계몽활동을 했었고, 다수의 계몽적인 시를 발표했다. 그러나 이광수의 영향을 많이 받았던 모윤숙은 이광수의 변절과 함께 적극적인 친일파로 변신했다. 모윤숙도 이화여전을 졸업하고 나라의 앞날을 걱정하던 때가 있었고, 동문인 김수임과는 따뜻하게 서로를 감싸주며 격려하던 아름다운 우정을 나누던 사이였다.

아 행복에서 차단된

지폐처럼 더럽힌 여름의 호반

석양처럼 타올랐던 나의 욕망과

예절 있는 숙녀들은 어디로 갔나.

…………

서로 위기의 인식과 우애를 나누었던

아름다웠던 연대를 회상하면서

나는 하나의 모멸의 개념처럼 죽어 간다.

　친일파가 되기 이전의 모윤숙은 시인이자 계몽운동에 열심이었던 조선의 딸이었고, 그 모습은 바로 박인환이 생각하는 시인상과 닮은 모습이었다. 그러나 모윤숙은 침략자인 일본의 편으로 돌아섰고 일본이 패망하자 재빨리 애국자를 자처하며 권력자의 편에 서서 동료 문인의 사상탄압에 관여하고, 오랜 친구인 김수임은 모윤숙과 만난 자리에서 체포되어 엄청난 간첩사건의 주인공이 된다.

　「1950년의 만가」 말미에 '모멸'이라는 단어가 나온다. 『인간의 조건』의 작가인 앙드레 말로는 박인환의 문학세계에 영향을 끼친 중요인물이며 우리가 주목할 작품 중에 『모멸의 시대』가 있다.

　　『모멸의 시대』는 예언적인 이야기이다. 말로야말로 나치스의 감옥들에 대하여, 또 그 후 10년 동안이나 왜곡된 신중함, 진짜 비겁함으로 인해 묘한 침묵이 지켜지고 있던 수용소라는 세계에 대해 말한 최초의 인물이기 때문이다.

이 이야기는 소설가가 반파시즘에 가담하고 있다는 사실을 드러내줄 뿐 아니라, 고문을 폭로하고 나아가 인간의 위엄을 고취시킨다.

1933년은 결정적인 해였다. 1월에는 히틀러가 권력을 잡았다. 그는 한 달 뒤에 적수들을 처치하기 시작했으며 국회의사당의 화재사건을 공산주의자들에게 뒤집어씌웠다. 괴링은 탤만과 디미트로프를 체포하게 했다.
ㅡ피에르 드 부아데프르 저, 이창실 역, 『앙드레 말로』(모멸의 시대 편)

말로의 작품 『모멸의 시대』는 나치의 고문과 정치적 탄압을 폭로한 작품인데, 「1950년의 만가」 마지막을 '모멸의 개념처럼 죽어간다'로 마무리하고 있다. 박인환과 김수임 모두 공산주의자 혐의로(시가 발표된 때는 김수임은 구속 수사 중이었다.) 조사를 받았다. 한동안 시를 멀리하던 박인환은 왜 그 시점에 시를 발표했을까? 여기에는 김광주의 영향이 컸을 것으로 추정한다. 상해 임시정부와 함께 독립운동을 했던 김광주는 김구 선생의 암살로 커다란 충격과 분노를 느꼈을 것이다. 김광주는 이런 혼란의 와중에 다수의 기자와 급작스럽게 체포되어 한참을 고생하고 나온 후배 박인환에게서 활력이 사라진 모습을 보았을 것이다. 독립운동을 하

다 체포돼 일경에게 고문당하고 돌아온 독립투사들의 모습을 많이 보았을 김광주는 박인환의 내면을 충분히 짐작했을 것이고, 그에게 삶의 의욕을 불어넣을 계기를 만들어주고 싶은 애틋한 마음도 있었을 것이다.

창간 당시 대중지를 지향했던 경향신문은 문화면을 신설하여 '문화와 계몽문제'에 대한 신문의 파급력에 역점을 두었다. 인선에도 영향을 미쳐 주간에 정지용, 편집국장에 염상섭, 문화부장에 최일수 등 명망 있는 문인을 영입했고, 1947년 인사이동에서는 그들의 뒷자리에 청년문학가협회 핵심 간부였던 김동리를 문화부장으로 임명하였다. 후임으로 김동리와 돈독했던 김광주를 내정한 것도 이러한 신문사의 논리가 작용한 것으로 보인다. 『경향신문』에 작품을 발표한 작가들은 문총의 주변부 인물들이 대다수이다. 특히 김광주와 교류가 빈번했던 조병화가 높은 비중을 차지했다는 점은 문화면의 작가 구성에 김광주의 영향력이 적지 않게 작용했음을 반증한다.

-최미진, 「한국전쟁기 『경향신문』의 문화면과 김광주의 글쓰기」

박인환이 자발적으로 시를 실어달라고 요청했는지, 시를 통해서 후배의 활력을 북돋으려 김광주가 원고 청탁을 했는지는 확인하기 어렵다. 하지만 시의 내용과 발표 시기는 우연으로 보기에는 너무 절묘하며 모윤숙의 그림자가 너무나도 크게 드리우고 있다. 「1950년의 만가」에 숙녀들이라는 단어가 갑자기 툭 튀어나온 것이 아니라는 말이다.

우연이라고 말하기엔 운명처럼 박인환과 김광주는 1952년 피난지 부산에서 이승만 정부의 모윤숙과 다시 불꽃 튀는 일전을 벌인다.

1952년 1월 월간잡지 『자유세계』에 김광주는 단편 「나는 너를 싫어한다」를 발표한다. 이 작품은 전쟁 중 사회지도층의 타락상을 고발하는 형식을 띤 작품으로 내용의 중심인물로 '선전부 장관 부인'이 등장한다. 소설 속의 '선전부 장관 부인'은 음악회에 참석 후 권력을 이용해 공연자 중 젊은 성악가와 저녁식사 자리를 만들고 그를 유혹한다. 성악가가 장관 부인과 함께 간 곳은 외국인이 많이 오는 곳으로 네온사인이 반짝이는 화려한 댄스홀이다. 소설의 내용에 나오는 장소와 등장인물을 살펴보면 상징하는 모습이 사뭇 '낙랑클럽'과 닮아있다.

소위 일국의 선전부장관의 부인이라는 여인의 사생활의 한 단면을 들여다보자는 것이었습니다. 일종의 자포자기의 행동일지는 몰라도.

백공작의 날개 같은 청초하면서도, 어깨를 으쓱대며 홀 한복판을 헤치고 들어가던 당신의 모양.

밤이 낮같이 빙빙 도는 샨데리야.

남자는 대부분이 외국 병사들.

여자는 대부분이 한국 댄서들.

국제 친선의 아름다운 장면인지도 모를 일입니다. 만리타향에 남의 나라 남의 민족을 위해서 싸워 주는 위대하고 거룩한 외국 손님에게 우리 민족이 마땅히 바쳐야 할 가장 아름다운 선물인지도 모릅니다.

또 일국의 장관이나 그 부인쯤 되면 마땅히 이런 특수한 장소에 나타나서 외국 사람들과 국제적인 외교를 해야 할 필요가 반드시 있을 것입니다.

나의 먹을 줄 모르는 술이 돌아서, 머리가 핑핑 돌고 몽
롱해진 시야로 희미하게 들어오던 당신의 모습.

어떤 외국 장교 같은 사람의 품에 안겨 미친 듯이 빙빙
내 앞을 지나가면서 나에게 던진 눈짓.

나는 그때 술이 거의 정신없이 취했지만 당신의 그 눈
짓만은 분명히 기억하고 있습니다.

왼편 눈을 찡긋하던 당신의 추파. 나는 분명히 그것을
추파라고 부릅니다.

여기서부터 나는 전혀 기억이 없습니다. 그대로 네 활
개를 뻗고 쓰러졌는지? 혹은 그대로 테이블에 쓰러졌
는지.

아마 '더러운 년! <일국의 장관부인>이라는 년이……'
　　　　　　　　　　　　　-김광주, 「나는 너를 싫어한다」

'낙랑클럽'에 대해 미군방첩대가 작성한 기밀문서, 미국기자가
부산에서 낙랑클럽을 취재하고 돌아가서 쓴 기사, 국내기사 등을
토대로 작성한 『월간중앙』의 심층보도를 읽어보면 이해하기 쉽
다. 「나는 너를 싫어한다」에서 명칭과 인물을 특정하지 않았지만
피난시절 부산에서 활동한 '낙랑클럽'을 배경으로 하고 있음은 명
확하다. 1949년 7월 16일 박인환의 체포와 고문, 1950년 4월 김수임
사건, 1950년 5월 김광주의 『경향신문』에 박인환의 시 게재, 1952
년 1월 김광주의 반격으로 이어지는 긴 여정에 공통점이 있다. 친

일파를 등에 업은 부패한 권력과 그 권력에 중요한 역할을 맡았던
모윤숙이 배경에 자리하고 있는 것이다. 박인환이 1949년 여름 이
후 좌절과 우울감이 가득찬 시를 쓰고 있을 때 김광주는 마치 박
인환을 위로하는 듯이 구체적인 내용을 적시하며 위험을 감수하
고서 부패하고 무서운 권력에 글로써 부딪혀갔다.

> 한 고관 부인이 젊은 예술가에게 불륜을 요구하지만,
> 그것을 거부한다는 줄거리를 담은 이 소설은 주인공의
> 이름을 바꾸고 직명을 '선전부 장관'이라고 고쳤지만,
> 당시의 공보처장 R의 부인을 문제의 여주인공으로 추

리하기에 어렵지 않았다. 잡지가 나온 지 며칠 후 김광주는 밤중에 괴한에게 테러를 당해 머리가 상하는 등 부상했으나, 신문을 관할한 공보처장의 압력 때문에 신문기사에 보도될 수 없었다.

"그때 서울에 있던 내게 부산 주재 기자가 인쇄되지 못한 경향신문 대장을 보내왔어요. 경위는 확실치 않지만 경향신문에 근무하는 김광주가 테러 당했다는 기사가 모종의 압력으로 보도되지 않은 것을 깨닫고 사회면 중간 톱으로 뽑았죠."

당시 서울신문 주필이었던 오종식이 이 테러 사건을 보도한 며칠 후 R처장의 이름으로 '엽서 공한'이 날아왔다. 선처를 요망하는 내용이었다. 오종식은 이번엔 이 '공한'과 R처장의 사진을 동판으로 뜨고 문제의 소설 내용을 요약, 톱으로 소개하면서, 사설로 「인권 옹호 사상 일대 오점」을 집필, 언론의 주무 장관을 공격했다.

"R씨가 사사를 사적으로가 아니라 공적으로 처리하는 데 반감이 돌았지요."

20여 년 전의 언론계가 가졌던 기개를 회상하는 오종

식의 기사 폭로 때문에 부산은 발칵 뒤집혔고, 당시의
사장 박종화와 김광주는 기관에서 조사를 받았으며, 그
자신은 두 달 후인 4월에 사표를 냈다. 그러나 뉴욕타
임스지는 이 사건을 소개, "부패한 관료와 싸우는 민주
한국의 문학적 영웅"을 격려했으며, 국민은 관의 압력
과 고위층 유한부인의 부패를 고발하는 데 통쾌한 공감
을 느꼈다.

-김병익, 「전후 세태를 반영한 사건들」 부분, 『한국 문단사』

이 사건으로 '전국문화단체총연합회'의 대다수 문화예술인이
강하게 반발하며 강경대응을 주장하지만 모윤숙은 이승만 정부
의 공보비서관을 지낸 김광섭 시인과 함께 반대편에 서서 결국
권력에 굴복하는 문총의 성명서가 나오는 데 중요한 역할을 한
다. 모윤숙의 남편 안호상도 이승만 정부에서 초대 문교부 장관
(1948~1950)을 지냈다는 사실을 상기하면 사건 전면에는 공보처
장관 부인이 문제된 것으로 진행됐지만 모윤숙의 모습도 겹쳐진
다. 모윤숙은 알고 있었을 것이다. 진정, 누가 주인공인지.

이미 2월 21일 대구문인들은 '재구문화인성명서'를 통
해 행정당국의 철저한 사건규명과 예술 활동에 대한 명
백한 태도 표명을 내걸고 강경 대응하였다. 그러나 사
건이 확산된 2월 23일 발표된 문총의 결의문은 사뭇 달

랐다. 결의문 말미에 "전기傳記 작품이 특정한 개인의 인신에 불미한 곡해와 오해를 야기시킬 수 있는 요소를 가졌다는 것은 작가의 의도여하를 불구하고 작가의 과오라고 아니할 수 없다. 이점에 대한 작가의 반성이 필요하다고 인정한다"고 밝히고 있다. 그러자 침묵하던 공보처장은 담화를 통해 이 사건이 "문화인 대 공보처 문제가 아니고 작가 대 피해자 문제"라는 점과 "저속한 또 무단히 정부의 위신을 떨어트리고 중상모략적이라고 볼 수 있는 작품은 문화인 자체가 철저 단속하여야 할 것"이라며 고자세를 취하기 시작했다. 이는 당시 문총이 문인을 위한 단체가 아니라 정치권력의 시녀로 존재한다는 점을 반증하는 셈이다. 이 사건을 계기로 김광주는 문총에 대한 불신이 깊어졌고, 향후 일련의 문화단체 가입을 꺼렸던 것으로 보인다. 이미 문총의 핵심부에서 벗어나 있던 김광주였지만 이반의 계기는 이 사건에서 비롯된 셈이다.

-최미진, 「한국전쟁기『경향신문』의 문화면과 김광주의 글쓰기」

박인환은 김광주의 테러 사건에 적극적으로 나서 대구에 있는 문화인들을 설득해 '재구문화인성명서'를 발표하는 데 중요한 역할을 했다. 박인환의 1949년 체포사건과 52년 정초의 김광주 필화 사건은 별개의 사건처럼 보였지만 사건은 꼬리를 물어 소설처럼 보이기도 하고 영화의 줄거리 같은 느낌마저 준다. 어쩌면 김광주가 우리나라 무협소설 분야에서도 번역과 창작에 뛰어난 활약을 보인 1세대 작가였던 사실을 생각하면 자연스러운 사건전개로 받아들일 수 있다. 30년도 넘은 지난날, 20대 초반에 읽었던 한 편의 무협소설이 너무 인상적이어서 김광주라는 이름 석 자가 박힌 무협지를 찾으려 애쓰던 시절이 잠깐 있었다. 그래봐야 만화방과 친구들의 책장을 점검하는 것이 전부였지만 결국 더 찾지는 못했다. 그렇게 시간이 지나 잊고 있었는데 『칼의 노래』를 읽은 감동으로 '김훈' 소설가에 관심을 두다가 "아버지 '김광주' 작가로부터 간결한 문체를 배웠다"는 내용의 기사를 접하고 비로소 많은 것이 이해가 됐다. 김광주의 무협소설에 등장하는 주인공은 우직하다 못해 바보스럽기도 했던 것 같다. 일제강점기에 김광주가 상해에서 지내던 젊은 시절에 쓴 소설에 등장하는 인물들도 영리하고 재빠른 사람보다는 우직하고 대의를 중시하는 인물이 중심에 자리한다. 결국 대의와 의리가 중심에 위치하며 사건이 전개되는 무협소설처럼 김광주는 급변하는 한국 현대사의 격랑 속에서도 대의와 우정을 버리는 것은 문학과 삶 두 가지를 모두 버리는 것과 마찬가지였던 모양이다. 박인환도 이에 호응했다. 6.25전쟁이 일어나고 박인환은 1.4후퇴 때 피난을 갔다. 피난 시절 처삼촌 이순용은 1951년 내무부장관이 되어 부산으로 피난하는 박인환과 그의 처가에 큰 도움이 됐다. 이는 박인환이 그의 부인과 주고받은 편지에도 관련된 내용이 나온다. 박인환의 처삼촌이 내무부장관이라고 하

는 것은 잠자리도 구하기 어렵던 피난시절에 모두가 부러워한 든
든한 배경일 것이다. 실제로 그 덕을 보았던 박인환이 아닌가. 그
러나 박인환은 김광주가 권력에 저항하며 난관에 봉착했을 때 처
삼촌이 중책을 맡고 있던 권력의 눈치를 보지 않고 김광주의 곁에
섰다. 처갓집의 입장에서 보면 박인환은 은혜도 모르는 한심한 사
람이고, 부인이 보기에도 어쩌면 참으로 대책 없는 사람이었을 것
이다. 그러나 그는 자신의 아픔을 어루만져 준 '광주 형'을 외롭게
놓아두지 않았고 세상물정 모르는 철없는 시인의 자리를 고수했
다. 그들의 우애는 박인환이 '광주 형'에게 보내는 편지로도, 김광
주 이름으로 부제를 단 시로도 표현됐다.

문제되는 것
-허무의 작가 광주 형에게

평범한 풍경속으로
손을 뻗치면
거기서 길게 설레이는
문제되는 것을 발견하였다
죽는 즐거움보다도
나는 살아나가는 괴로움에
그 문제되는 것이
틀림없이 실재되어 있고 또한 그것은

나와 내 그림자 속에
넘쳐흐르고 있는 것을 알았다.

이 암흑의 세상에 허다한 그것들이
산재되어 있고
나는 또한 어두움을 찾아 걸어갔다.

아침이면
누구도 알지 못하는 나만의 비밀이
내 피곤한 발걸음을 최촉하였고
세계의 낙원이었던
대학의 정문은
지금 총칼로 무장되었다.

목수꾼 정치가여
너의 얼굴은 황혼처럼 고웁다
옛날 그 이름 모르는 토지에 태어나
굴욕과 권태로운 영상에 속아가며
내가 바란 것은 무엇이었더냐

문제되는 것
평범한 죽음 옆에서

한없이 우리를 괴롭히는 것

나는 내 젊음의 절망과
이 처참이 이어주는 생명과 함께
문제되는 것만이
군집되어 있는 것을 알았다.
　　　　　　－『부산일보』(1951.12.3)

　위의 시 역시 내용을 이해하기 쉽지 않은데, 「문제되는 것」이 발
표된 시점을 보면 1951년 12월 3일이다. 김광주의 문제작이 잡지에
실린 때는 1952년 1월로 박인환의 시와 한 달 차이밖에 없다. 문제
작이 실린 『자유세계』가 제작과정에 있을 무렵에 박인환의 시가
김광주의 이름을 부제로 달고서 발표된 것이다. 이것을 과연 우연
으로 보아야 할까? 김광주의 「나는 너를 싫어한다」는 작품이 잡
지로 만들어지는 과정에서 박인환이 내용을 알고 있었고 김광주
의 신상에 영향을 미칠 문제작이 될 것을 걱정했다고 가정하면 이
해가 된다. 시에서 '세계의 낙원이었던 대학의 정문은 지금 총칼
로 무장되었다'는 내용은 학문과 사상의 자유가 보장되어야 할 대
학이 독재 권력에 의해 갇혀있으니 권력을 고발하는 글이 발표되
면 문제가 된다는 것을 암시하는 말이다. 아마도 박인환은 '광주
형'이 많이 걱정되었을 것이다. 발표를 반대하는 입장을 전달했으
나 이에 굴하지 않는 '광주 형'의 작가적 결단을 박인환이 시로나

마 염려하는 마음을 표현한 것이다. 그런 박인환이었기에 성명서 발표를 독려하며 자신의 안위보다 김광주를 위해 발 벗고 나선 것은 너무도 당연했다. 김광주는 문인으로서 또 기자로서 본분을 다하는 것이 얼마나 힘든가를 권력과 부딪히며 몸으로 보여주었다. 오랜 기간 우리나라는 작가나 기자가 쓴 양심적인 글로 부당한 압력을 받고 폭력을 당해왔다. 그럼에도 일부 권력에 아부하는 문인과 기자들은 편을 짜서 작가의 양심에 오히려 매질을 더하며 밖으로는 미소를 띠고 교양인, 지식인으로 행세하며 명성과 부를 쌓아갔다. 김광주는 가난했고, 그의 아들 역시 가난으로 학업을 이어가지 못하고 중단했다. 박인환은 우리 스스로가 삶을 직시했을 때 부당한 것을 보고 외면하지 못하여 자유, 정의 등의 가치를 추구하면 너무나 많은 '문제되는 것'에 부딪힌다고 말하고 있으며, 김광주가 문학적 소재로 무엇을 고민하며 사는 사람인지 시로 일러주고 있다. 박인환이 1949년 7월 16일 체포되고 김광주가 1952년 초 테러를 당하는 과정에서 발표된 박인환의 시와 김광주의 소설은 이승만 정부와 모윤숙의 밀월관계에서 나타나는 부패상과 대립 구도를 갖고 있다. 박인환과 김광주는 격동기의 문인으로서 서로의 아픈 상처를 감싸주고 권력의 무자비한 폭력에 두려움을 가지면서도 다시 맞서 싸우는 긴 이야기를 만들어냈다. 마치 작가는 붓으로 모든 것을 이야기한다고 말하는 듯이 시와 소설로 그들의 의지를 분명하게 표했다. 오랜 시간 이어진 그들의 시대적 고뇌와 권력을 옆에 끼고 그들을 공격했던 타락한 문인과의 소설 같은 긴 이야기는 한편으론 세속을 초월한 듯, 글에 죽고 사는 호방한 문인들의 애환과 아름다움이 느껴지기도 한다. 그들의 삶은 비록 힘들고 가족들은 고통스러웠겠지만 우리나라 문단과 문학사에는 어쩌면 선물 같은 이야기일지도 모른다.

특이한 점은 김광주가 1952년 1월에 발표한 소설로 부패한 권력을 고발해 피난지 부산을 떠들썩하게 만들고 박인환은 성명서를 내는 등 소용돌이를 피하지 않았는데, 1952년 4월 밴 플리트유엔군 사령관의 아들이 전사한 사건에 박인환이 헌시를 썼다는 점이다. 앞에서 밝혔듯이 박인환은 이승만 정부에서는 남로당원 혐의로 조사받았고 국민보도연맹에 가입했으며, 불과 얼마 전에 공보처장관과 얽힌 사안에 공식적으로 성명서를 내며 저항한 박인환을 이승만 정부와 문단에서 몰랐을 리가 없는데도 말이다. 미국 대사관에서는 미국에서 벌어지는 전쟁은 아니지만 조국을 위해 목숨을 바친 용사에게 바치는 시이기에 그만큼 사심 없이 불의에 저항하는 용기를 가지고 있는 청년 중에서 서양의 문화를 잘 이해하는 시인을 고르고 싶었다고 예상한다. '헌시'는 정치적인 관계보다는 명예로운 죽음을 한 미국의 청년을 추모하는 내용적인 면이 더 중요했을 것이다. 그들은 박인환이 남로당원인지 아닌지를 보다 객관적 입장에서 사실 확인이 가능했을 터이고 역으로 부패한 권력의 위협에도 지식인의 입장을 견지한 시인임을 입증한 사건으로 인식했을 가능성도 있다. 흥미로운 것은 주한미대사관이 유엔사령관에게 위로의 시를 쓰는 시인으로 선정했지만 미국의 아시아재단에서 상금을 주는 '자유문학상'에서는 『박인환선시집』이 발간된 1955년에 박인환과 서정주가 경합을 하였으나 결국 서정주가 '자유문학상'을 수상했다. 당시 '자유문학상'은 아시아의 자유사상을 고취시키기 위해 창설됐으며, 미국의 재단에서 기금을 마련하고 상금도 달러로 주지만 심사위원단은 한국의 문인으로 구성됐다.

아세아자유문학상이라는 것이 있었다. 아세아재단이 한국 문인들을 위해서 마련한 대금의 문학상이었다. 그 당시엔 가장 권위 있는 빛나는 문학상이었다⋯⋯.
제7회(1959년도) 오영수(소설), 김춘수(시), 그리고 나였다. 세 사람이 탄 7회 때의 상금은 미화 3000불이었다. 그러니까 한 사람이 3000불의 삼분의 일씩인 1000불에 해당되는 한화를 받았던 것이다. 그 당시엔 대금이었다.
이렇게 이 상은 한 사람, 혹은 세 사람, 혹은 네 사람, 심지어는 다섯 사람까지 동시에 받고 있다. 이건 무엇을 말하고 있는 건가. 그만큼 이 상을 타려고 하는 경쟁자들이 많았던 것을 말하고 있는 거다. 그 경쟁! 지금도 그렇지만 상을 놓고 얼마나 치열한 경쟁이 있는 건가. 작품, 그 실력만으로 상이 수상된다면 얼마나 좋은 일인가. 그러나 그게 그렇게 잘 되지 않기 때문에 더러울

때가 있는 거다. 심지어는 심사원이 자기 표를 넣었다는 후문도 있을 정도로. 하도 시끄러워져서 아세아재단은 제7회로 이 빛나던 문학상제도를 걷어버렸다. 참으로 창피한 노릇이었고 우리들 문인들을 위해서 애석한 일이기도 했다.

-조병화, 「떠난세월 떠난사람」 부분

서정주는 자서전에서 1956년 2, 3월쯤에 반도호텔에서 상을 받았으며, 상금은 미화로 몇 백 달러를 받았고 당시의 살림으로는 가족들의 눈이 번쩍 뜨일 만큼 대견한 것이었다고 회고했다. 그리고 모윤숙은 1979년 서사시 「황룡사 구층탑」으로 3.1 문화상을 받았다.

나의 생애에
흐르는 시간들

「나의 생애에 흐르는 시간들」중에서

박인환

나의 생애에 흐르는 시간들
가느다란 일 년의 안젤루스

어두워지면 길목에서 울었다
사랑하는 사람과

숲 속에서 들리는 목소리
그의 얼굴은 죽은 시인이었다

나의 생애에 흐르는 시간들

　박인환이 시대상황과 자신의 내면세계를 시로 표현해왔다면 그의 정치적 입장이나 견해를 보다 명확하게 이해할 수 있는 시도 있을 것이다. 예를 들어 1949년 여름의 사건에서 박인환이 남로당 원인지 여부를 몇 가지 정황증거와는 별도로 그의 시를 통해서 정치적 입장을 판단할 수 있다면 오히려 시인에게는 다른 어떤 증거보다도 우선할 수 있을 것이다. 1950년 이후에 발표된 시라면 무의식적으로 자기합리화의 과정이나 자기검열이 이루어질 수 있으니 1949년 7월 이전의 시로 판단함이 옳을 것이다. 시를 읽고 감상함에 있어서 이러한 의도적인 접근을 생각해본 적도 없었고 그럴 생각은 애초에 없었다. 우연한 기회로 박인환 시인에게 빠져들었고, 그의 시는 처음부터 지금까지도 난해하고 힘들었으며 몇 편을 제외하고는 그다지 정이 가지 않았던 것 또한 사실이다. 처음에 「목마와 숙녀」 단 한 편만을 이해하기 위해서 자료를 찾았고 그것이 그의 모든 시를 읽고 또 읽은 단 하나의 이유였다. 시간이 흘러 어느 정도 「목마와 숙녀」를 이해하고 난 후에 박인환의 '시 쓰기'에 중요한 특성이 있다는 것을 알게 됐다. 첫째, 그는 시를 쓸 때 사실을 기록한다. 그렇지만 이해하기 어렵게 만들어 놓아 의문을 가지고 끝없이 고민하고 공부하지 않으면 대개의 경우 의미를 알기 어렵다. 둘째, 그는 자기가 영향을 받은 사람이나, 글, 책, 그림, 영화 등을 시에 인용한다. 독자도 함께 읽고, 보고 공감하기를 원하는 것이다. 셋째, 시를 이해하는 핵심어는 항상 중요한 상징적 표현에 들어 있으며 핵심어를 풀면 하나의 장면이 펼쳐지듯 순간 이해가 되는 경우가 많다. 만약 억지로 그의 시를 꿰맞춰 가면 결국 스스로 좌절하고 말 뿐이며, 그래도 억지로 이어간다면 그 사람이 얻을 수 있는 것은 아무것도 없다. 이와 같은 결론으로 필자는 박인환의 시를 읽으며 목표를 설정했다. 오장환이 그의 시 어디엔가 있으며, 결코 없을 수 없다고 판단했다. 명확한 전제를 설정하고서 박인환의 시를 시기적으로 분류하고 시간적 상황에 맞추어 자료를 대조하기 시작했다. 50년 이전의 시는 많지 않고 참여시로 성격이 명확한 시가 주류를 이루고 있어서 난해한 상징적 핵심어가 담긴 시는 적었다. 모호하면서도 상징적 핵심어가 있는 시를 골라냈다. 그 시가 「나의 생애에 흐르는 시간들」이다. 여기에 오장환이 있었고, 박인환의 태도가 명백히 읽혀졌다. 그래서 박인환은 남로당원

이 아니라고 선언할 수 있었고 「1950년의 만가」 또한 이해가 깊어
졌다. 책에 전개될 이야기를 구상하고 거기에 시를 해석하고 맞춰
간 것은 결코 아니다. 박인환의 시를 하나씩 이해하며 그의 아픔을
알게 됐고 때가 되니 시간적 퍼즐이 맞춰져 시를 읽으면 하나의
그림이나 장면처럼 느껴졌을 뿐이다. 박인환 사망 20주기에 발간
된 『목마와 숙녀』 이후 박인환의 시는 지금까지도 많은 이들의 사
랑을 받고 있지만, 한편으로 박인환의 삶과 문학은 많은 오해와 편
견으로 평가되고 이해된 측면이 있다. 필자의 부족함으로 잘못된
부분이 있을 수 있으나 박인환의 시에 사사로운 감정을 개입시켜
색을 입히고 헛된 주장을 늘어놓을 생각은 추호도 없음을 밝힌다.
다만 생각지도 못한 순간에 박인환의 내밀한 세계에 불쑥 들어가
게 되었을 때 스스로 소스라치게 놀란 적이 있었다. '내가 이상해
진 것이 아닐까, 이렇게 해석해도 되는 걸까'라는 생각이 들며 너
무 박인환에 빠져서 착각을 일으키는 것이 아닐까? 라는 의문까
지 들었다. 그래서 한동안은 의도적으로 박인환을 멀리하고 지내
던 때도 있었다.

다음에 나오는 시에 대한 설명을 있는 그대로 받아들이고 판단
하기 바라는 마음에 솔직한 고백을 한다. 시 「나의 생애에 흐르는
시간들」은 너무도 놀라운 방식으로 쓰였고, 박인환이 오장환만이
잘 이해할 수 있는 시로 만들어 마음을 전한 공개적인 메시지였을
것이라고 판단한다.

나의 생애에 흐르는 시간들
가느다란 일 년의 안젤루스

어두워지면 길목에서 울었다
사랑하는 사람과

숲 속에서 들리는 목소리
그의 얼굴은 죽은 시인이었다

늙은 언덕 밑
피로한 계절과 부서진 악기

모이면 지난날을 이야기한다
누구나 저만이 슬프다고

가난을 등지고 노래도 잃은
안개 속으로 들어간 사람아

이렇게 밝은 밤이면
빛나던 수목이 그립다

바람이 찾아와 문은 열리고

찬 눈은 가슴에 떨어진다

힘없이 반항하던 나는
겨울이라 떠나지 못하겠다

밤새우는 가로등
무엇을 기다리나

나도 서 있다
무한한 과실만 먹고.

-『세계일보』(1948.1)

이 시는 '가느다란 일 년의 안젤러스'가 중요한 상징적 의미를 담고 있다. 안젤러스는 천주교의 삼종기도, 밀레의 <만종> 등으로 생각할 수 있다. 안젤러스를 해석하는 출발점은 하루의 해질 무렵 감사의 기도를 올리는 밀레의 그림 <만종(THE ANGELUS)>이다. 박인환은 굳이 '가느다란 일 년의 안젤러스'라고 표현했으므로 시의 안젤러스와 밀레의 <만종>과는 조금 다르다. 가느다란 일 년의 안젤러스는 시간적 의미로 이해하면 한 해의 끝 무렵을 표현하며, 그것이 의미하는 그림은 살바도르 달리가 밀레의 <만종>을 다르게 해석하여 그린 그림이다. 달리는 밀레의 <만종>을 아주 어두운 느낌으로 재해석한 후에 연작으로 발표했다.

밀레, <만종>
L'Angélus, 1857~1859

달리, <황혼의 격세유전>
Angelus, 1932

달리, <만종>의 고고학적 회상
Archeological Reminiscence Millet's Angelus,
1935

<원뿔 모양으로 왜곡되기 직전 갈라와 밀레의 만종>
Gala and the Angelus of Millet Immediately Preceding the Arrival of the Conic Anamorphoses, 1933

'만종'에서 가져온 인물은 1930년 무렵 그려진 <아이 여
인에게 바치는 제국의 기념비>에서 처음 등장한다. 이
그림에는 모나리자와 나폴레옹 흉상도 들어 있다. 1933

년부터 달리는 규칙적으로 '만종'을 주제로 삼아 작품을 그렸다. <원뿔 모양으로 왜곡되기 직전 갈라와 밀레의 만종>에서는 출입구 위에 드물게도 변형하지 않은 '만종'이 걸려 있다. 문 뒤쪽에서 러시아의 문인 막심 고리키가 레닌의 뒷모습을 엿보고 있으며, 방 저쪽에서는 활짝 미소를 지은 갈라가 레닌을 마주보고 있다.

달리는 <밀레의 '만종'에 얽힌 비극적 신화>에 '황혼의 격세 유전'을 삽화로 수록하는데, 그림에서 남자는 해골로 변했고 머리로부터 손수레가 뻗어 나간다. 1934년에 갈레리 데 콰트르 세망(사거리 화랑이란 뜻)에서 열린 전시회 서문에 달리는 다음과 같이 썼다. "내가 아는 한 '만종'은 고독하고 어스름한 죽음의 땅에서 움직이지 않는, 두 사람의 예고된 만남을 허용하는 세계에서 유일한 그림이다."

–돈 애즈 저, 엄미정 옮김, 『살바도르 달리』

　　오장환과 김광균 등의 모더니즘 선배들이 살바도르 달리의 그림을 보고 깊은 인상을 받았듯이 박인환도 달리의 그림에 관심이 많았던 것으로 알려진다. 오장환이 남만서점을 운영하면서 가끔씩 구해오는 비싼 화집을 박인환도 보면서 성장했을 것이므로 그들은 그림 하나에도 그들만의 이야기가 있었을 것이다. '가느다란 일 년의 안젤러스'를 의도적으로 시의 첫머리에 올렸다면 분명 오 장환은 바로 이해했을 것이라고 믿는다.

오장환은 1947년 겨울 월북하면서 박인환에게 함께 가자고 권 유한 것으로 보인다. 박인환은 '힘없이 반항하던 나는 겨울이라 떠 나지 못하겠다'고 답한다. 그러나 오장환과의 이별은 너무 슬퍼서 '어두워지면 길목에서 울었다 사랑하는 사람과'라며 <만종>의 그 림을 연상시키는 장면을 시로 그려냈다. 당시 박인환은 이정숙과 약혼한 상태였다.

'숲 속에서 들리는 목소리 그의 얼굴은 죽은 시인이었다'는 박인 환이 오장환과 함께할 수 없었던 이유를 설명한다. 오장환은 문인 이라기보다는 정치적인 행로를 택했고 박인환은 그런 오장환을 시인으로서는 죽었다고 생각한 것이다. 그리고 다시 '가난을 등지 고 노래도 잃은 안개 속으로 들어간 사람아'라고 말하면서 오장환 이 선택한 삶의 방향에 대해서 오장환 앞에서는 차마 하지 못했던 그의 말을 시로 대신 전하고 있다. 시인이 시인에게 시로 마음을 전하는 일은 통상 운치와 격조가 있는 일이겠지만 박인환과 오장 환 사이에 놓인 시에는 현대사의 아픔이 그대로 전해지고 있다. 오 장환은 1947년 12월경 월북했을 것으로 추정한다. 박인환이 시에 밝힌 '첫 눈'이라는 겨울의 시점과 오장환이 북한에서 발표한 글 「남조선의 문화예술」에 그가 북에서 글을 쓴 시기를 기록한 내용 을 보면 잘 맞아떨어진다.

돌아보건대 현재의 남조선 문학예술이 오늘을 가져오
게 된 것은 우리 민족해방 투쟁사상에 큰 금을 그은 먼
젓번 10월 항쟁에서 오는 성과이다. 인민을 기초로 한
우리의 새로운 문화를 남조선에서는 '10월'을 통하여 더
욱 절실히 처음으로 채득한 것이기 때문에 남조선 문학
예술의 투쟁기는 여기에서 시작하여도 그 전모를 이해
함에 크게 어긋남이 없을 것이다.

이하의 수기는 필자가 과거에 남조선에서 조선문화
단체연맹 산하 문학가동맹의 맹원으로서 남조선문
화운동에 실제 가담하고 견문한 바를 기록하는 것이
다.(1947년 12월)

끝으로 이 수기를 1947년 5.1절이 지난 며칠 후 남산 미
군 사격장 부근에서 알 수 없는 죽음을 한 시인 배인철
동지에게 주노라.

－오장환, 「남조선의 문학예술」

박인환의 친구 김규동 시인은 1948년 초 월남해서 그해 여름에
박인환 시인을 처음 만났다고 한다. 박인환은 오장환의 근황에 대
해서 물었고 김규동은 당시 오장환이 병으로 병원에 입원해 있던
상황을 전했다고 한다. 당시 문인들은 박인환과 오장환이 나이 차
가 있었으나 워낙 서로가 가까워서 박인환이 함께 행동하지 않은
이유가 몹시 궁금했던 모양이다. 그래서 친구들이 오장환과 함께

월북하지 않은 이유를 물어도 씨익 웃기만 하고 말하지 않았다고
한다. 박인환이 오장환에게도 차마 말하지 못하고 시로써 뜻을 전
한 바에야 다른 이에게 말했을 리 만무하다.

　아마도 신문에 실린 박인환의 「나의 생애에 흐르는 시간들」은
오장환도 보았을 것으로 생각된다. 당시 남과 북이 나뉘어 있었어
도 아예 사람이 오가지 못했던 상태는 아니었으니 피차 서로의 소
식도 궁금하고 웬만한 위치에 있는 이는 남북의 신문이나 잡지를
늘 눈여겨보고 있었을 것이다. 오장환이 박인환의 시를 바로 확인
했는지 뒤에 확인했는지 모르지만, 박인환의 뜻을 알았던 것은 분
명해 보인다. 6.25전쟁이 일어나고 서울이 빠르게 함락되었을 때
박인환은 서울에 남아 있었고 오장환은 그때 서울로 내려왔었다.
둘이 만날 기회가 있었던 것이다. 그러나 오장환은 박인환을 찾지
않았고, 박인환은 오장환을 피했다. 오장환이 서울에 내려온 사실
이 불확실하다는 글도 있으나 오장환이 서울에 내려왔을 때 만났
다는 두 명의 증언이 있다. 한 명은 오장환의 절친한 친구 김광균
이다.

　　　　장환이가 다시 내 앞에 나타난 것은 6.25동란 중이다.
　　　　동생 익균이 납치되어 난가가 된 계동 집에 칩거하고
　　　　있던 어느 날 "광균이 있나" 하는 소리가 들려 대문에
　　　　나가보니 장환이가 웃고 서 있었다. 북에서 온 사나이
　　　　에 앞서 반가운 생각에 넘쳐 사랑방으로 들어오라 하여

그날 한나절을 함께 지냈다. 점심때가 되어 집에 있던 좁쌀밥과 깍두기를 놓고 사이다병에 든 소주 한 병을 둘이서 마시고 차가운 방에 눕더니 취기가 돌면서부터 이북에서 지낸 몇 해가 끔찍하다는 이야기를 털어놓기 시작하였다.

임화 일당이 월북하기 전에 이북에 간 이기영, 송영, 박세영을 중심한 프롤레타리아문학동맹이 요소를 차지하고 있어 이빨 하나 안 들어가더라는 것이다. 뿐만 아니라 자기들을 사사건건 중상모략하여 어느새 요 감시인이 되어 보위부 사람들이 조석으로 들러 일보를 받는 등 감옥살이를 하다가 왔다며 주머니에서 얇은 책 하나를 꺼내 주었다. 『붉은 깃발』이라는 시집인데 몇 페이지를 훑어보다가 "이것도 시라고 썼느냐" 하고 방바닥에 던졌더니 장환이 얼굴이 붉어지며 무색해하였다.

그날 장환은 요강을 달라고 해 소변을 보고 나더러 보라기에 들여다보았더니 붉은 포도주 빛깔이었다. 콩팥. 하나를 뗀 후 나머지 하나가 마저 고장이 나 치료를 하다가 내려왔는데 전쟁 중에 통 치료를 못 하여 앞일이 걱정이라고 했다.

나는 한나절을 보내며 보고 듣는 동안 그의 생활에 대한 태도나 생각하는 생리는 옛날과 별로 달라진 것이 없어 세상에서 제일급 빨갱이 시인이라는 오장환의 허

망한 말로에 매우 놀랐다. 헤어지면서 나에게 하는 말
은 "나도 이 모양인데 너 같은 것은 어림도 없다. 인민
군이 부산까지 내려갈 때까지 꼼짝 말고 엎드려 있다가
세상에 나오더라도 아무 생각 말고 박물관에 들어가서
도자기나 지키고 살아라" 하는 것이었다.

-김광균, 「이미 죽고 사라진 사람들」, 『동서문학』(1988.8)

이 글은 김광균 시인이 가슴 깊이 묻어두었던 일을 많은 세월이
지난 후에 풀어놓은 이야기로 생각된다. 괜한 이야기로 사람 목숨
이 오가던 시절이 길었던 까닭에 38년이 지나서야 글로 남긴 것이
다. 오장환은 또 한 사람 박거영 시인을 찾아갔다. 박거영 시인 또
한 오장환과 인연이 있던 사람이다. 그러나 오장환은 김광균, 박거
영을 찾았으나 박인환은 찾지 않았다. 오장환은 박인환이 궁금했
을 것이고 분명히 두 사람에게 박인환의 소식을 물었을 것이다. 그
러나 둘은 만나지 않았다. 두 사람이 만나지 않았던 사실은 박인환
의 시에 적혀있다.

얇은 고독처럼 퍼덕이는 기
그것은 주검과 관념의 거리를 알린다.

허망한 시간
또는 줄기찬 행운의 순시

우리는 도립된 석고처럼
불길을 바라볼 수 있었다.

낙엽처럼 싸움과 청년은 흩어지고
오늘과 그 미래는 확립된 사념이 없다.

바람 속의 내성
허나 우리는 죽음을 원치 않는다.
피폐한 토지에선
한줄기 연기가 오르고
우리는 아무 말도 없이 눈을 감았다.

최후처럼 인상은 외롭다.
안구처럼 의욕은 숨길 수가 없다.
이러한 중간의 면적에
우리는 떨고 있으며
떨리는 깃발 속에
모든 인상과 의욕은 그 모습을 찾는다.

195…년의 여름과 가을에 걸쳐서
애정의 뱀은 어두움에서 암흑으로
세월과 함께 성숙하여 갔다.

그리하여 나는 비틀거리며
뱀이 걸어간 길을 피했다.

잊을 수 없는 의혹의 기
잊을 수 없는 환상의 기
이러한 혼란된 의식 아래서
아폴론은 위기의 병을 껴안고
고갈된 세계에 가라앉아 간다.

－「의혹의 기」, 『선시집』(1955.10.15)

위의 시에서 '195…년의 여름과 가을에 걸쳐서'는 1950년의 여름
에서 가을을 가리킨다. '애정의 뱀'은 중의적 의미를 포함하는 것
으로 보이지만 오장환을 지칭하고 있는 것도 확실해 보인다. 박인
환이 인민군 치하에서 은둔생활을 했다고 밝힌 글이 있으며 당시
숨어 지내던 때의 박인환을 회상하는 지인의 글도 비슷한 내용을
담고 있다. 오장환이 김광균을 만나서 정치적인 입장을 설파하기
보다 친구와의 우정을 생각하고 그의 앞날을 위해 조언을 했듯이
이미 체포됐던 경험이 있는 박인환을 위해 자중했는지도 모를 일
이다. 박인환은 시에 지난날이 평화로웠다는 표현을 사용해서 다
른 문인에게 "그렇다면 일제강점기가 좋았다는 말이냐"라는 뼈 있
는 지적을 받기도 했다지만 그렇다고 박인환이 일제강점기가 좋
았다는 뜻으로 한 말이 아님은 그 문인도 알았을 것이다. 박인환은

사람들이 해방 후 영문도 모르고 갑자기 남과 북으로 나뉘어 선택을 강요받고, 눈에 핏발이 선 채 아군과 적군으로 나뉘어 서로를 죽고 죽이는 세상이 오히려 자연스럽기까지 했던 시절에 대한 슬픈 단상을 배경으로 말했던 것이다.

김광균의 동생은 사업을 하다가 한국전쟁기에 납북되어 생사를 확인할 수 없었다. 김광균은 아버지의 생사도 모르는 철부지 조카들을 애틋하게 바라보는 시를 남겼고, 어머님을 포함한 가족을 돌보려 사업에 전념하며 성공한 사업가의 길을 걸었으나 그는 시인으로 남고 싶어 했다. 김광균 시인은 오장환을 너무 잘 아는 친구로서, 박인환을 옆에서 지켜본 선배로서 여러 편의 글을 남겨 모르고 넘길 뻔한 일에 대한 중요한 사실들을 기록했다. 김광균 시인을 추모하며, 피난지 가족의 모습을 묘사한 시 「추석날 바닷가에서」를 소개한다.

> 이 아이들은 지난 여름 사변에 애비를 잃고
> 낯설은 곳 바닷가 흰모래 우에 무심히 놀고 있다.
> 일곱 살 네 살 두살잽이 손에 손을 잡고
> 해 저문 바다 밀물 우에
> 등불 단 기선이 지날 때마다
> 저 배를 타고 아버지가 오느냐고
> 큰애비 팔소매를 잡아댕긴다.

배는 지나가고
애기들 떠드는 소리 허공에 사라진 후
스미는 물결 벼랑에 부딪혀 목이 메일 뿐.
아 어떠한 힘이 이 아이들에게서
집과 고향과 애비를 빼앗아버리고
조고만 입술에서 노랫소리를 아쉬워 갔나.

전쟁의 매운 채찍에 몰려 눈보라 헤치고 내려올 때엔
에미 품에 안겨 잠을 자고
남쪽 항구에 꽃이 피고 봄물이 다리 난간에 어릴 땐
때묻은 다다미 우에 나란히 누워 코를 골더니

산과 바다에 가을이 와서
바람이 옷깃을 스칠 때면
아이들 두 눈엔 애비 얼굴이 어리는 것일까.
거북산 허리에 해질녘이면
오랜- 꿈에서 소스라쳐 깬 듯이
날마다 돌아오지 않는 애비를 손꼽아 기다린다.

애비의 간 곳 북녘 하늘엔 길길이 누운 산이
떼무덤 되어 눈을 가리고
산길엔 이미 낙엽 추석달이 그 우에 걸려 있다.

그 산 너먼 새벽마다 별이 지새고
세월은 어언 한 해가 지나가는데
아이들의 애비는 어느 곳에서
이 어린것들을 보고파 할까?
차라리 잊자 눈을 감으나
파도 소리마다 서러운 생각.
아이들의 애비는 어서 오라
와서 이 바닷가에서 어린것과 더불어 놀라.

일곱 개의 층계

「일곱 개의 층계」중에서

박 인 환

또 다른 그날

가로수 그늘에서 울던 아이는

옛날 강가에 내가 버린 영아

쓰러지는 건물 아래

슬픔에 죽어가던 소녀도

오늘 환영처럼 살았다.

이름이 무엇인지

나라를 애태우는지

분별할 의식조차 내게는 없다.

시달림과 증오의 육지

패배의 폭풍을 뚫고

나의 영원한 작별의 노래가

안개 속에 울리고

지난날의 무거운 회상을 더듬으며

벽에 귀를 기대면

머나먼

운명의 도시 한복판

희미한 달을 바라

울며 울며 일곱 개의 층계를 오르는

그 아이의 방향은

어디인가.

일곱 개의 층계

　박인환은 난해한 상징적 기법을 사용해 시를 쓴 모더니즘 시인
이지만 상징적 기법은 이미 많은 시인들이 애용했고, 시를 쓰는 데
있어서 중요한 기법이기도 하다. 의미를 알기 어려운 난해한 시가
세간의 주목을 받고 애송될 가능성도 있다. 그렇다 해도 많은 '난
해시'가 애송되며 대중화되기는 어려우며 그런 시집이 베스트셀
러가 되기란 더욱 힘든 일이다. 박인환을 포함한 당시의 모더니즘
동인이 팔리지 않는 시를 쓰는 것이 우리의 목표라고 하면서 대중
과의 괴리를 택한 그들 나름의 이유도 있을 것이다. 그들은 현재
잘 팔리는 시는 값싼 유행을 따르는 시라고 주장했고, 시간이 흐르
면 그들의 시가 진정한 가치를 평가받게 될 것이라고 굳게 믿었다.
박인환과 『신시론』을 시작으로 '후반기' 활동까지 함께했던 김경

린 시인이 1994년 펴낸 책에서도 같은 입장이 지속되고 있음을 확인할 수 있다. 그가 만난 미국 시인 찰스 올슨의 말을 인용해서 남긴 글이 있다.

> "만일 당신의 시가 사후에 세 편만 남으면 당신은 위대한 시인이 될 것이다. 따라서 생전에는 절대로 유명해질 생각을 말고 시를 소신껏 쓰는 것이 좋을 것이다. 그러기 위해서는 딴 직업을 가지는 것도 좋은 일이다. 왜냐하면 생전에는 시집이 팔리지 않기 때문이다."
> 그의 그러한 교훈은 아직도 나의 귓속에 생생하게 살아 있다. 오늘날 시를 써서 유명해지려고 애쓰며 베스트셀러를 노리는 사람들에게 경구가 될 줄로 안다.
> ―김경린, 『알기 쉬운 포스트모더니즘과 그 주변 이야기』(1994)

박인환 등이 난해한 시를 쓰는 이유가 단순히 안 팔리는 책을 만들기 위해서는 아니지만, 과학문명의 발달로 복잡한 세상이 되었고 정신분석을 통해 인간의 무의식이 문학과 예술에서 중요하게 다루어진 서구의 문화사적 흐름과 보조를 맞추며 앞서가려 하는 한 동시대 사람들에게 외면 받을 가능성을 그들은 알고 있었다. 동인들의 글을 종합하면 요동치는 정세에 대응하는 방법에선 서로 차이가 컸으나 안 팔리는 책과 난해한 표현양식을 사용하는 것은 딱히 문제되지 않았던 모양이다. 그들은 각자 다양한 생각을 가진 동인이지만 예전처럼 자연을 노래하며 세상과 떨어져서 음풍농월하던 한가로운 시대와 작별하고 싶은 마음은 같았다. 구한말 세계 열강에 휘둘리다 일본의 식민지로 긴 시간을 보내고 갓 해방을 맞이한 나라에서 『신시론』 동인들은 지난 시절과는 구별되는 이야기를 쓰고 싶었을 것이다. 새로운 시도에 책이 팔리지 않아도 의연하게 길을 걷고자 했던 그들의 신념과 행동은 선각자의 모습과 닮아 있고 실제로 그렇게 생각하며 활동한 것으로 보인다.

「향수」로 유명한 정지용 시인을 우리나라 최초의 모더니즘 시인이라고 말한다. 「향수」는 노래로 만들어져 모르는 사람이 없을 정도이고 내용을 굳이 해석하며 볼 필요도 느끼지 않는다. 그러나 다른 시는 알 듯 말 듯하고 때로는 "이게 뭘까?" 하며 이해가 어려운 내용도 많다. 정지용의 시 중에는 하나의 시를 가지고도 상징적 표현을 어떻게 받아들이느냐에 따라서 전혀 다른 의미로 이해할 수도 있다. 시를 음미할 때 하나의 방향만 있다고 믿는 사람들은 예외적인 경우일 것이며 세월이 흐름에 따라서 독자가 느끼는 시의 느낌도 달라질 것이다. 그렇지만 그 시가 만들어진 시대적 배경과 전체적인 흐름을 무시하고 엉뚱한 의미로 받아들이는 것 역시 바람직한 모습은 아니다.

정지용이 일본 유학 중에 쓴 「압천鴨川」[7]이라는 시가 있다. 정지용의 집안이 녁녁하지 않은 형편이라 모교의 도움으로 힘든 여건에서 공부하던 시절에 발표한 시이며, 조선

7) 일본 교토에 있는 강 이름

인이 일본에서 어렵게 지내던 정서가 잘 표현됐다.

압천 십 리 벌에

해는 저물어…저물어…

날이 날마다 님 보내기

목이 자졌다…여울 물소리…

찬 모래알 쥐어짜는 찬 사람의 마음

쥐어짜라. 바시여라. 시원치도 않아라.

역구풀 우거진 보금자리

뜸부기 홀어멈 울음 울고.

제비 한 쌍 떳다

비맞이 춤을 추어.

수박냄새 품어오는 저녁 물바람

오랑쥬 껍질 씹는 젊은 나그네의 시름.

압천 십 리 벌에

해가 저물어…저물어…

−정지용, 「압천鴨川」, 『학조』(1927)

사람들은 위의 시를 읽고 슬픈 정서를 느끼며 그다지 복잡하게 생각하지 않고 넘어갈 수 있다. 그러나 시를 연구하는 학자들의 입장에선 슬픈 연유가 무엇인지, 오렌지 껍질을 씹는 마음이라는 것이 무얼 뜻하는 것인지 궁금할 수 있다. 슬픈 이유는 대략 짐작이 가는데 당시의 일반 조선인은 쉽게 맛보지도 심지어 생긴 것도 잘 모를 오렌지 껍질을 등장시켜 이질감을 주었는지 궁금해 한다. 배가 고파서 오렌지를 먹고 껍질까지 다 먹는 어려운 생활을 했다는 말인지, 일본에 가서 처음 본 과일이라 모르고 껍질도 씹었던 세상 물정 모르는 젊은 유학생일 때를 회상하는 말인지, 아니면 은근히 일본 가서 공부했다고 도시물이 좀 들어서 그랬는지 여러 추측을 하는 것이다. 바로 이런 부분을 어떻게 받아들이느냐에 따라서 시인이 표현한 슬픔이 독자의 마음에 다가올 수도 있고 기분 나쁘게 느껴질 수도 있는 것이다. 오렌지 껍질이 나오는 부분을 도시적인 느낌을 준다고 이해하는 논문도 많고, 해석하는 입장에 따라 세밀한 부분에선 차이들이 있다. 대부분의 조선인에게 낯선 오렌지 껍질을 도시적인 감각으로 이해하는 것은 당연하기도 하고 논쟁을 벌일 이유도 없다. 그러나 도시적 감각으로 이해하면서 「압천」을 해석하는 결과는 각자의 느낌과 방향에 따라 커다란 차이를 보일 수 있다.

　필자는 오렌지 껍질을 1925년 『조선문단』에 발표된 최서해의 「탈출기」에 나오는 내용을 차용해서 함축적인 의미를 전달했다고 판단한다. 최서해는 극빈가정 출신으로 보통학교도 제대로 마치지 못한 사람으로 새로운 꿈을 안고 간도로 갔으나 온갖 고생 끝에 조선으로 돌아왔고, 이후 간도로 이주한 조선인의 삶을 본인의 경험을 토대로 만들어 낸 작품이 「탈출기」이다. 당시 「탈출기」는 세간에 큰 화제를 몰고 온 작품으로 문예지가 많지 않던 시절이라 지식인과 문학에 관심 있는 사람들은 거의가 보거나 들었을 유명한 작품이다.

부지런하다면 이때 우리처럼 부지런함이 어디 있으며 정직하다면 이때 우리 식구같이 정직함이 어디 있으랴? 그러나 빈곤은 날로 심하였다. 이틀 사흘 굶은 적도 한두 번이 아니었다. 한 번은 이틀이나 굶고 일자리를 찾다가 집으로 들어가니 부엌 앞에서 아내가(아내는 이때에 아이를 배어서 배가 남산만하였다) 무엇을 먹다가 깜짝 놀란다. 그리고 손에 쥐었던 것을 얼른 아궁이에 집어넣는다. 이때 불쾌한 감정이 내 가슴에 떠올랐다.

'······무얼 먹을까? 어디서 무엇을 얻었을까? 무엇이길래 어머니와 나 몰래 먹누? 아! 여편네란 그런 것이로구나! 아니, 그러나 설마······, 그래도 무엇을 먹던데······'
나는 이렇게 아내를 의심도 하고 원망도 하고 밉게도 생각하였다. 아내는 아무런 말없이 어색하게 머리를 숙이고 앉아 씩씩하다가 밖으로 나간다. 그 얼굴은 좀 붉었다.

아내가 나간 뒤에 아내가 먹다 던진 것을 찾으려고 아궁이를 뒤지었다. 싸늘하게 식은 재를 막대기로 뒤져내니 벌건 것이 눈에 띄었다. 나는 그것을 집었다. 그것은 귤껍질이다. 거기는 베어 먹은 잇자국이 났다. 귤껍질을 쥔 나의 손은 떨리고 잇자국을 보는 내 눈에는 눈물이 괴었다.

김군! 이때 나의 감정을 어떻게 표현하면 적당할까?

―오죽 먹고 싶었으면 길바닥에 내던진 귤껍질을 주워 먹을까, 더욱 몸 비잖은 그가! 아아, 나는 사람이 아니다. 그러한 아내를 나는 의심하였구나! 이놈이 어찌하여 그러한 아내에게 불평을 품었는가. 나 같은 간악한 놈이 어디 있으랴. 내가 양심이 부끄러워서 무슨 면목으로 아내를 볼까?'

―이렇게 생각하면서 나는 느껴 가며 눈물을 흘렸다. 귤껍질을 쥔 채로 이를 악물고 울었다.

"야 어째 우느냐? 일어나거라. 우리도 살 때 있겠지, 늘 이러겠느냐."

하면서 누가 어깨를 친다. 나는 그것이 어머니인 것을 알았다.

'아이구 어머니, 나는 불효외다'

하면서 어머니의 팔을 안고 자꾸자꾸 울고 싶었다. 그

러나 나는 아무 소리 없이 가슴을 부둥켜안고 밖으로 나갔다.

'내가 왜 우노? 울기만 하면 무엇 하나? 살자! 살자! 어떻게든 살아 보자! 내 어머니와 내 아내도 살아야 하겠다. 이 목숨이 있는 때까지는 벌어보자!'

나는 이를 갈고 주먹을 쥐었다. 그러나 눈물은 여전히 흘렀다. 아내는 말없이 울고 서 있는 내 곁에 와서 치마끈을 만적거리며 눈물을 떨어뜨린다. 농삿집에서 자라난 아내는 지금도 어찌 수줍은지 내가 울면 같이 울기는 하여도 어떻게 말로 위로할 줄은 모른다.

-최서해, 「탈출기」 부분

위의 글을 보면 「압천」이라는 시는 다양한 장르에서 활용되는 '오마주'[8] 기법이 사용된 것을 알 수 있다. 이런 사실을 알고서 시를 보면 '뜸부기 홀어멈 울음 울고'도 단순한 새의 울음으로만 느껴지지 않는다. 정지용은 「압천」이라는 시 이외에 「압천상류」라는 제목의 산문을 상하 두 편으로 나누어 『조선일보』에 기고하기도 했다. 그 내용을 보면 그가 교토에서 유학생활을 하면서 인근의 조선 출신 동포 노동자들의 곤궁한 삶과 애환을 조심스럽게 표현했음을 알 수 있다. 일본에서 수많은 유학생과 노동자들이 독립운동을 하다가 고문당하고 죽기도 했고, 때로는 불령선인[9]이라는 이유

8) 다른 작가나 감독에 대한 존경의 표시로 특정 대사나 장면 등을 인용하는 일.

9) 불령선인은 불온하고 불량한 조선 사람이라는 뜻으로 일제강점기에 사용된 용어.

로 심지어는 영문도 모르는 채 조선인이라는 이유만으로 받은 박해가 많았을 것이다. 그중에는 정지용이 아는 사람도 있었을 것이고 고통 받던 유학생이나 노동자 중에는 고향에 홀어머니만 남아 있는 경우도 있을 것이다. 그 홀어머니가 전해 들었을 슬픈 소식을 생각하며 정지용은 함께 눈물을 흘리고 가슴 아파하는 것이다. 그는 가끔 서러움이 복받치는 날에는 압천상류로 올라가 아무도 없는 개울가에서 울다가 개울물로 눈물을 닦아내려 얼굴을 씻고 오던 날도 있었고, 그의 생활 역시 힘들고 서러웠을 것이다. 그런 생활을 「탈출기」의 귤껍질과 유사한 오렌지 껍질을 등장시켜 공감을 끌어내고 있다. 오렌지 껍질은 식민지 조선에서 보기엔 동경 유학생이라는 부러운 신분으로 일본인 학생과 같은 공간에서 숨 쉬고 공부하지만 결코 알맹이를 취할 수 없고 동등한 대우나 미래에 대한 보장이 없는 겉보기만 좋은 상황이라는 해석도 가능하다. 만약 이와 같은 내용을 가지고 직접적인 표현을 사용해서 시를 썼다면 검열에 걸려 잡지나 신문에 실리기도 어려웠고 설령 일본이나 조선에서 지면에 발표가 되었다고 해도 신문이나 잡지사의 관계자는 물론이고 정지용 시인도 체포되어 재판을 받고 직장을 잃거나 감옥생활을 했을 수 있다. 조선의 신문이나, 문인들이 만드는 잡지는 검열과 삭제가 예사였고 때로는 압수되고 일본경찰의 조사를 받는 일은 일상사나 다름없었다. 이런 어려운 여건에서 정지용은 상징적 표현을 통해 자신의 감정을 모두 드러낼 수 있었고 지면에 실리는 것 역시 문제없었다. 물론 내용을 이해한 사람도 있고, 이해하지 못한 사람도 있고, 전혀 다른 각도에서 해석한 사람도 있었을 것이다. 그것은 시를 읽는 사람 각자의 몫일 수밖에 없다. 일본의 강력한 통제와 검열 속에서 자신의 문학적 신념과 양심을 지키면서도 위험을 자초하는 일은 피해야 하는 어려운 상황에서 문인들은 고민했을 것이다. 이 과정에서 다소 난해하지만 그들 서로는 이해할 수 있는 공통된 정서를 갖는 상징성을 활용하는 방식은 최선의 방법 중 하나였을 것이다. 환경에 의해 강제되었을지라도 비슷한 시도가 반복되고 시간이 흐르다 보면 차츰 시대상황과 맞물려 고유한 성격을 갖는 문학적 표현양식으로 자리매김할 수 있다.

정지용, 김기림, 오장환, 김광균 등은 초기의 모더니즘 시인이고 박인환은 후기 모더니즘 시인 중 대표주자이다. 박인환 스스로가 대표주자로 자처해서 그리된 것이 아니고 주변에서도 인정을 해주었기 때문이다. 정지용, 김기림 등이 단순히 그들의 뒤를 따르겠다고 해서 오냐오냐하며 등을 다독이며 흡족해할 문인이 아니다. 박인환은 그만큼 노력을 했고 시에 운명을 걸고 살았으며, 선배들과 동료가 인정할만한 재능 또한 있었던 것이다. 그러나 우리나라 시단의 대표주자인 정지용과 김기림마저 6.25전쟁의 폭풍에 휩쓸려 실종과 납북 등으로 시단에서 사라진다. 전쟁은 문인의 생사뿐만 아니라 문단에도 많은 변화를 가져왔다. 1952년 피난지 부산에서 정부는 '문화보호법'을 제정하고 1953년 4월 13일 대통령령으로 '문화인 등록령'을 공포했다. '문화인 등록령'으로 학술·과학·문학·미술·음악·연예계에 종사하는 모든 문화인은 문교부에 등록하고 '문화인증'을 발급받아야 했다. 권력은 문화예술을 통제하려 했고 먹고사는 것이 급하던 시절이라 조그마한 단물이라도 챙기려고 소위 '권력지향적 문화인'이라 칭할 수 있는 사람들이 부패한 권력에 동조했다. 이런 상황에서 『신시론』 이후 '후반기'를 결성해 모더니즘 운동을 지속하던 동인 중 조향 시인은 피난지 부산에서 연합신문에 문총(문화단체총연합회) 해체론을 발표한다. 당시 연합신문에 근무했던 김규동의 회고에 의하면 조향 시인이 문화단체랍시고 정부로부터 돈을 우려먹는다고 한탄하면서 기사화할 것을 지속적으로 요구했다고 한다. 이 기사에 문총 멤버 박종화, 모윤숙, 김광섭 등이 몰려들어 신문사가 발칵 뒤집혔고 이들을 신문사 국장실로 안내한 김규동은 당시 오금이 저려왔지만 편집국장 정국은이 반박문을 실어주는 선에서 잘 마무리했다는 것이다. 조지훈 시인도 1958년 「문화단체 무용론 시비」라는 글에서 문총이 문화단체 중 제일 말썽이 많았다고 밝혔고, 3.15부정선거에 원로문인들이 동조하는 등의 타락상에 여러 편의 글을 통해서 자성의 목소리를 냈다.

포연이 가시지 않은 황폐한 서울로 돌아온 박인환은 문학이 죽고 인생이 죽고 그리운 사람들마저 함부로 부를 수 없는 공포와 어둠이 자리한 도시에서 시인으로서 새 길을 열어야 하는 모더니즘의 선두에 선 자신을 보게 된다. 비록 폭격으로 불타버린 들판일지라도 멀리 들리는 새소리에 새로운 생명력을 느낄 수 있듯이 전쟁의 폐허에서 시인의 노래가 삶의 희망을 불러올 수도 있었겠지만 현실은 그러지 못했다. 오죽했으면 조지훈 시인이 「선비의 직언」이라는 글에서 분단 상황을 이용하여 걸핏하면 공산주의자로 몰아 죽이는 악랄한 상황을 개탄했겠는가. 여러 가지 점에서 모더니즘 동인들은 당시 문단의 주류 세력과는 불편한 관계였다고 생각되며 이는 박인환에 대한 부정적 평가에도 일조했을 것이다. 박인환에게 비난은 있어도 변호는 쉽지 않던 곤궁한 시간은 오래 지속됐고 박인환의 이미지는 그렇게 고착화 된다. 박인환이 여름엔 얇은 옷만 걸쳐야 해서 멋을 낼 수 없어 싫어한다고 하면 사람들은 그렇게만 믿었다. 그가 시로는 솔직하게 표현했던 여름의 고통과 아픈 기억을 밖으로 내색하지 않는 자존심이 강한 탓도 있었지만 오해는 너무 길었다. 그런 오해가 있었기 때문에 박인환의 시를 읽던 많은 사람들이 미진함을 느끼고 꾸준히 새로운 연구를 시도하는 원동력이 됐는지 모른다.

가만히 눈을 감고 생각하니
지난 하루하루가 무서웠다.
무엇이나 거리낌 없이 말했고
아무에게도 협의해 본 일이 없던
불행한 연대였다.

비가 줄줄 내리는 새벽

바로 그때이다

죽어 간 청춘이

땅속에서 솟아나오는 것이……

그러나 나는 뛰어들어

서슴없이 어깨를 거느리고

악수한 채 피 묻은 손목으로

우리는 암담한 일곱 개의 층계를 내려갔다.

『인간의 조건』의 앙드레 말로

『아름다운 지구地區』의 아라공

모두들 나와 허물없던 우인友人

황혼이면 피곤한 육체로

우리의 개념이 즐거이 이름 불렀던

'정신과 관련의 호텔'에서

말로는 이 빠진 정부情婦와

아라공은 절름발이 사상과

나는 이들을 응시하면서……

이러한 바람의 낮과 애욕의 밤이

회상의 사진처럼

부질없게 내 눈앞에 오고간다.

또 다른 그날

가로수 그늘에서 울던 아이는

옛날 강가에 내가 버린 영아嬰兒

쓰러지는 건물 아래

슬픔에 죽어 가던 소녀도

오늘 환영처럼 살았다

이름이 무엇인지

나라를 애태우는지

분별할 의식조차 내게는 없다.

시달림과 증오의 육지

패배의 폭풍을 뚫고

나의 영원한 작별의 노래가

안개 속에 울리고

지난날의 무거운 회상을 더듬으며

벽에 귀를 기대면

머나먼

운명의 도시 한복판

희미한 달을 바라

울며 울며 일곱 개의 층계를 오르는

그 아이의 방향은

어디인가.

-「일곱 개의 층계」,『박인환선시집』(1955)

「일곱 개의 층계」라는 시는 박인환의 깊숙한 내면을 표현한 시로 여러 연구자가 관심을 가졌고 다양한 해석을 내놓았다. 특히 일곱 개의 층계가 상징하는 것이 무엇인지 궁금해 했다. 일곱 개의 층계를 핵심어로 보고 이것이 상징하는 바가 의미를 파악하는 중요한 열쇠라고 판단한 것이다. 일곱이라는 숫자나 단어로 추론하면 너무도 많은 의미나 이미지가 떠오를 것이다. 막상 떠오른 생각을 가지고 시에 대입해도 기연가미연가 한다. 설령 맞는 의미를 떠올렸어도 확신하기 어렵다. 그만큼 난해한 시 중 하나이다.

「일곱 개의 층계」가 상징하는 의미를 이해하기 위해서는 단테의 『신곡』을 먼저 알아야 한다.

> 단테는 『신곡』에서 세 세계를 차례대로 여행한다. 그리고는 우리를 중세 시대의 내세로 친히 안내한다. 단테와의 여행은 먼저 지옥의 문에서 시작한다. 지옥의 문을 통과한 다음 그는 우리를 암흑의 한복판, 죄의 아주 깊숙한 곳까지 데리고 내려간다. 이 공포의 지대를 벗어난 순간 우리는 연옥산의 기슭으로 나와 천국으로의 구원 여행을 떠난다. 이 성스러운 산을 오르는 동안 우리는 죄로부터 정화되고 마침내 산의 정상에 도달한다. 죄에서 정화되어 가벼워진 우리의 영혼은 이곳에서 저절로 천국에로 이끌린다.

미첼리노, <단테와 세 왕국>, 1465년작

연옥으로 들어서면, 정죄 혹은 영혼의 정화가 이루어지
는 일곱 개의 둘레를 차례대로 오르게 된다. 각각의 둘
레는 일곱 가지의 타락한 죄들과 하나씩 연결이 된다.
이번에는 그 순서가 가장 흉악한 죄에서 가장 덜 흉악한
죄로 이어져서, 위로 올라갈수록 자만, 시기, 분노, 나태,
탐욕, 탐식, 그리고 육욕의 둘레를 만난다. 지옥에서처
럼 연옥에서도 죄에 어울리는 형벌이 주어진다. 예컨대,
첫 번째 둘레에서 죄인들은 자만의 '짐'을 속죄하기 위
하여 돌멩이를 등에 지고 나른다. 그리고 나태의 둘레에
서는 게으름에 대한 형벌로 쉬지 않고 뛰어야 하며, 탐

식의 둘레에서는 온종일 굶주리고 있어야만 한다.

–마거릿 버트하임 저, 박인찬 역, 『공간의 역사』(영혼공간 편)

　그림에서 보듯이 연옥의 정죄산은 일곱 개의 층이 있다. 각각의 층이 의미하는 것은 모두 우리의 삶에서 부딪히는 문제들이며 현세에서도 이런 문제들을 극복하면 성인으로 불릴 수 있을 만한 인간의 본성에 관한 것이다. 박인환은 현실을 직시해 세상을 보다 밝은 길로 이끄는 시인의 운명을 수행할 시를 쓰려면 현세의 시련을 극복해야 된다고 생각했지만 그는 결국 시련을 견뎌내지 못했음을 시에서 자책하고 있다. 한 계단 한 계단 수행하듯 올라야 할 계단을 박인환은 암담한 일곱 층계를 거꾸로 내려가는 것이다. 그는 자신을 죽어간 청춘과 함께 피 묻은 손목으로 악수한 채 계단을 내려가는 모습으로 표현하며 좌절한 시인의 처절한 심정을 그리고 있다. 『신곡』 연옥편에서 단테는 정죄산을 오른 뒤 마지막에 불이 타오르는 숲길을 통과해야 했다. 뜨거운 불길 앞에서 단테는 두려워 망설였지만 순결한 영혼을 가진 베아트리체의 말에 힘입어 결국 불의 숲을 통과했고, 단테는 영혼이 별에게라도 솟구칠 만큼 맑아지고 가벼워짐을 느꼈다. 그 후 단테는 천국에 당도한다.

　『신곡』의 연옥편에 나온 단테처럼 박인환도 두려움을 극복하고 난관을 헤쳐 나가는 시인의 길을 걷고 싶었으나 그렇게 하지 못한 회한이 「일곱 개의 층계」에 있으며 이와 유사한 내용을 박인환의 다른 시에서도 자주 볼 수 있다. 그 외에 '신'이 주요하게 등장하며 종교적 분위기를 풍기는 시도 여러 편 있다. 박인환이 크리스마스를 즈음해 쓴 글에서 특별한 종교를 가지고 있지 않다고 밝혔으나 시 「서적과 풍경」에서도 연옥이란 단어를 사용했다. 그가 단테의 『신곡』을 탐독했다고 추정할 수 있는 이유이다. 더욱 놀라운 것은 박인환의 시 「일곱 개의 층계」에 있는 앙드레 말로의 작품 『인간의 조건』이 『신곡』의 내용과 서로 호응하는 부분이 있다는 것이다. 『인간의 조건』에 나오는 주요한 인물들은 자신의 신념과 대의를 위해서 목숨에 연연하지 않는다. 그중의 카토프라는 인물은 동료들이 공포에 휩싸여도 초연한 마음가짐으로 불구덩이에서 최후를 맞이한다. 단테는 두려움 속에서도 불길을 통과했고, 카토프는 신념을 지키며 의연한 죽음을 맞이했다. 반면에 박인환은 고문 등의 시련을 못 이겨 스스로 신념을 져버렸다고 생각했다.

「일곱 개의 층계」에 나오는 '『아름다운 지구地區』의 아라공'의 『아름다운 지구』는 프랑스 문인 루이 아라공(1897~1982)이 1936년 발표한 소설 제목이다. 루이 아라공은 한때 초현실주의 운동을 했고 2차 세계대전시 나치에 대항해 레지스탕스 문화운동을 수행했다. 아라공은 시와 소설 평론 등 문인활동 외에 공산주의자로 활동한 탓인지 우리나라에서는 루이 아라공의 문학작품에 대한 번역, 연구가 거의 이루어지지 않았다. 아라공의 시를 읽으려면 일부 번역시집에서 아라공의 시를 몇 편씩 소개하는 정도의 수준에서 현재는 만족해야 한다. 그러나 '여자는 남자의 미래다'라는 영화 제목은 아라공의 「미래의 노래」라는 시에 나오는 문장으로 아라공을 잘 모르는 우리와도 이미 친숙해져 있다. 앙드레 말로의 작품과 그의 평전을 읽으며 「일곱 개의 층계」와의 연관성을 밝혀낸 만큼 루이 아라공에 대해 연구를 하고 싶었으나 자료의 빈약함과 언어의 한계로 진척을 이루지 못했다. 『아름다운 지구』가 1936년 발표된 소설이라는 것도 '구글'에서 번역프로그램을 사용해 확인했을 정도이다. 1950년대의 박인환 시인이 접한 내용보다 21세기의 대한민국에서 주요 도서관과 인터넷 검색을 통해서 알아낸 정보가 더 적을 수 있다는 사실은 충격이었다. 루이 아라공의 『공산주의자들』이라는 책은 북한에서 번역 출간되어 우리나라 통일자료실에 있는 것으로 나온다. 루이 아라공은 남과 북에 파편적으로 소개된 것으로 보이며, 이는 아직까지도 우리나라가 학문의 영역에서도 이념의 벽을 넘지 못하고 좁은 틀에 갇혀 있는 현실을 반영한다고 생각한다. 결국 지금까지 박인환을 연구한 사람들은 알게 모르게 그 벽의 한계선 안에 머물러야 했을 것이다.

필자는 박인환의 다른 시에서도 의미를 알고 나면 하나하나의 단어가 시의 내용과 호응하며 유기적으로 결합하고 있는 것을 확인할 수 있었고, 연구하면 할수록 종종 깜짝 놀란다고 표현할 수 있는 감정을 느낀 때가 많았다. 문인치고 공부를 게을리한 사람은 드물겠지만 박인환은 공부를 치열하게 한 사람이다. 예를 들어 영화를 보기만 하는 것이 아니고 대본을 먼저 읽고 영화가 상영되기

170

를 고대했으며, 항상 본질을 파악하려 애썼고 외국의 작가에 비교해서도 시대에 뒤떨어지지 않으려고 부단히 노력했다. 그는 자부심이 강했고 국내의 문인과 경쟁하는 것이 목표가 아니라 뒤쳐진 나라에 사는 현실을 넘어 문화가 융성하는 독립국가의 지위를 확고히 하는 것에 일익을 담당하고 싶어 했다. 그는 그런 의지를 시에 고스란히 담았다. 박인환은 단순히 책을 많이 읽고 시에 제목을 언급하며 유식함을 자랑하는 유치한 행위가 아니라 의미가 있고 시대적 상황에 맞는 인물과 서적을 시에 융화시켜 당시로는 낯선 방법이지만 공부하는 청년들의 안내자의 역할을 수행하기도 했던 것이다. 그 과정에서 서구적인 취향의 시인으로 인식되기도 했고, 한때는 체포되어 고문을 당했고, 값싼 유행을 추구하는 사람으로 평가받기도 했다. 그에게 서구적 취향이 있었던 것도 사실이고 멋을 부렸던 것 또한 사실이다.

그러나 그가 진정 원하고 추구했던 삶은 그의 시 속에 오롯이 담겨있고, 우리는 그의 시를 통해 박인환을 다시 보아야 한다.

꼬리글

　글을 쓰면서 본문의 주된 흐름을 끊고 싶지 않아 내용을 생략하면 독자가 당장 의문을 갖게 되고, 포함하면 산만하게 될까 봐 걱정했던 두 가지가 있다. 첫째는 『단층』 동인과 박인환의 관계, 둘째는 정지용의 「압천」에 나오는 오렌지 껍질을 씹는 내용이 「슬픈 인상화」라는 시에서도 등장하는 내용이다. 두 가지 내용에 자세한 설명이 생략돼 의문을 가진 독자들이 많을 것을 예상했다. 하지만 본문의 흐름을 방해하지 않으면서 언급하자니 어설펐고 자세히 쓰자니 흐름이 깨졌다. 결국 내용을 줄이기보다는 따로 자세히 적는 방법을 택했다. 원래는 세 편의 개별 논문형식으로 구상했던 것을 한 권의 책으로 묶어서 만들다보니 머리말과 꼬리글을 통해서 내용을 보강하는 번거로움이 발생했다. 모두 필자가 부족한 탓이라고 생각한다.

『단층』은 1937년 4월 22일 평양에서 창간호를 발행한 소설 중심의 문예잡지이며 이후 1937년 9월 7일에 제2호, 1938년 3월 3일에 제3호, 1940년 6월 25일에 제4호를 낸 뒤 종간됐다. 『단층斷層(La Dislocation)』이 갖는 의미는 과거의 문학과는 다른 새로운 문학을 하겠다는 뜻을 담았다고 알려진다. 박인환이 1946년 처음 「단층」이라는 시를 발표하며 문단에 등장했을 때 그의 커다란 포부가 느껴지기도 하는 제목이다. 『단층』 동인이 북쪽 출신의 작가로 구성돼 분단 상황에서 제약이 가해진 것이 이유겠지만 연구 자료가 많지는 않다. 시인 서정주가 회고록에 『단층』의 주도적인 작가였던 소설가 김이석이 월남한 이후 우연히 하룻밤을 같이 보내면서 과거 인상 깊게 읽었던 문예지 『단층』을 소재로 대화를 나누었다는 기록을 남기기도 했다. 『단층』이 그저 단순한 지방 문예지 수준이 아니었지만 시대적 상황이 우리의 시야에서 멀어지게 만든 것이라 생각한다.

본문에서 밝힌 것처럼 박인환과의 관계에서 『단층』이 중요한 이유는 김조규 시인 때문이다.

> 쏘파의 기우러진 감정이 늙은 침대를 위선하는 권태로운 오후
> 지친 상념은 단조로운 침대에 나아와 머언 과거를 반추反芻하다.
>
> ....

하이얀 등대가 백주白晝를 태만하고
정원庭園에는 주름짚인 은행나무 한 구루가 계절을 즐긴다.

공원 벤치에서 오후의 수평선을 향락享樂하는 여인은
진주 목거리를 걸고 지난 밤 나의 들창 밖을 지나갔고
....
–「노대露臺의 오후午後」, 부분, 『단층』(1938)

  박인환의 「목마와 숙녀」 「세월이 가면」 등에서 보이는 서정적인 시어들과 김조규의 「노대의 오후」는 많은 유사함을 보인다. 김조규가 시작 활동을 시작한 것은 1931년 8월 조선일보에 「연심戀心」을 발표하고 같은 해 『동광東光』지에 응모하여 「검은 구름이 모일 때」로 1등상을 받으면서이다. 이후 김조규는 카프에 동조하는 경향의 작품을 쓰다가 1939년 일제의 탄압을 피해 만주로 건너가 교사와 기자 생활을 했다. 만주에서 창작활동을 이어가던 김조규는 1945년 3월 귀국한 것으로 알려진다. 박인환이 김조규의 시를 탐독했으나 두 사람이 개인적인 친분을 쌓았을 가능성은 극히 적은 것으로 보인다. 박인환이 평양의전을 다니다 해방 후 서울로 왔기 때문에 그들이 같은 도시에 함께 존재한 시간도 아주 짧았다. 하지만 김조규의 시와 박인환의 시는 아주 친밀하다고 말할 수 있다.

오랜 전설이 흐르는 남구풍南歐風인 머언 해안海岸을,
여인은 소복素服하고 당나귀의 방울을 울리며 간다.

가는 이와 함께 전별餞別한 온갖 기억이다
내일은 새벽 일직 나는 기구氣球가 돼야 한다.

-김조규, 「여인과 해안海岸과 슬픈 전별餞別」 부분

한 잔의 술을 마시고
우리는 버지니아 울프의 생애와
목마를 타고 떠난 숙녀의 옷자락을 이야기 한다
목마는 주인을 버리고 그저 방울 소리만 울리며
가을 속으로 떠났다 술병에서 별이 떨어진다
상심한 별은 내 가슴에 가볍게 부서진다
그러한 잠시 내가 알던 소녀는
정원의 초목 옆에서 자라고
문학이 죽고 인생이 죽고

-박인환, 「목마와 숙녀」 부분

　‘소복입고 당나귀의 방울을 울리며 가는 여인’과 ‘목마를 타고
떠난 숙녀’는 표현이 과거와 현대의 차이가 있으나 매우 유사한 이
미지이다. 김조규 시인은 『단층』 동인으로 모더니즘 활동을 했던
시인이다. 박인환은 젊은 날 김조규의 시를 읽고 또 읽었음에 틀림

없다.

본문에서 박인환이 1949년 국가보안법 위반 혐의로 조사 받은 일로 시 세계의 변화뿐만 아니라 처음 발표한 시 「단층」이라는 제목을 바꿔야 했던 상황으로 해석하는 이유이다. 1949년 체포 당시, 월북한 오장환과의 교분만이 아니고 북쪽에 남아서 꾸준한 활동을 한 『단층』동인 김조규와의 관계까지 추궁 받았다면 평양의전을 다녔던 박인환이 설명을 했다 한들 궁색한 상황이었을 것이다. 해방 전 김조규는 일제에 맞서며 만주에서 참여적인 시를 발표한 저항시인 중 한 명이었다. 당연히 식민지 청년 박인환은 그의 시를 읽으며 호감을 갖기 쉬웠지만 해방 후 상황은 외세에 의해 남과 북으로 나뉘어 관심 많았던 시인을 적으로 인식해야만 하는 상황으로 급변한 것이 문제였다. 「단층」이라는 제목을 버려야 했던 이유는 추정이 가능하지만 왜 「불행한 샨송」이라는 제목을 택했는지는 알기 어렵다. 다만 「불행한 샨송」이라는 제목에서 주는 말 그대로 박인환에게는 시인으로서 불행한 일이었음에 틀림없다.

두 번째로, 정지용의 시 「압천」에 나오는 오렌지 껍질을 씹는 심정은 최서해의 「탈출기」가 그려낸 귤껍질을 먹는 나라 잃은 유민의 삶을 연상시킨다는 설명을 앞에서 했다. 「압천」은 1927년 발표됐고 이보다 1년 먼저 발표된 「슬픈 인상화」라는 시에 같은 내용이 있다.

수박냄새 품어 오는

첫녀름의 저녁 때........

먼 해안海岸 쪽

길옆나무에 느러 슨

전등電燈. 전등

헤염처 나온듯이 깜박어리고 빛나노나.

침울沈鬱하게 울려 오는

축항築港의 기적汽笛소리......기적소리......

이국정조異國情調로 퍼덕이는

세관稅關의 기旗ㅅ발. 기ㅅ발.

시멘트 깐 인도측人道側으로 사풋 사풋 옴기는

하이한 양장洋裝의 점경點景!

그는 흘러가는 실심失心한 풍경風景이여니......

부즐없이 오랑쥬 껍질 씹는 시름......

아아, 애시리 황愛施利黃!

그대는 상해上海로 가는구료.........

-「슬픈 인상화」, 『학조』1호(1926.6)

「슬픈 인상화」의 발표 시기가 「압천」보다 앞선 상태에서 오렌지껍질을 씹는 의미가 최서해의 「탈출기」에서 전해지는 의미와 다르게 쓰였다면 본문에서의 설명은 문제가 된다. 난처하게도 「슬픈 인상화」라는 제목에서 주는 슬픈 느낌은 누구나 알 수 있지만 구체적인 의미를 파악하기 어려운 시이다. 상해로 떠나는 '애시리 황'이 누구인지 모르는 상황에서 의미를 단정하는 것은 어렵기도 하지만 그래서도 안 될 일이다. 시의 내용만 보아서는 애시리 황이 상해로 떠나는 항구가 조선의 항구인지 일본의 항구인지도 명확하지 않아서 어찌 보면 막연하기 그지없다. 정지용 시인은 1923년 3월 휘문고보를 졸업하고 그해 4월 일본 교토의 도시샤 대학에 입학했다. 일본 교토의 조선인 유학생 잡지 『학조學潮』가 1926년 창간됐고 「슬픈 인상화」가 학조에 실린 것이다. 정지용 시인은 1929년 3월에 가서 도시샤 대학 영문과를 졸업하고 귀국해 동년 9월 모교인 휘문고등보통학교 영어과 교사로 부임했다. 「슬픈 인상화」는 정지용이 일본 유학시절 일본에서 발표한 시이다.

애시리 황의 목적지인 상해는 당시 중국의 무역 중심지로 비약적인 발전을 하던 도시이다. 1852년 인구 50만 정도이던 상해는 1927년 120만에 달했고 1930년 중국에서 북경의 인구 두 배가 넘는 제1의 도시로 성장했다고 한다. 따라서 일본뿐만 아니라 식민지 조선에서도 상해와의 교역과 여객선 운항이 이루어졌을 것이다. 일본과 한국의 다양한 자료검토와 연구로 『최초의 모더니스트 정지용』을 쓴 사나다 히로코 씨는 당시 나가사키 항에서 상해로

가는 여객선이 매일 운항됐기 때문에 애시리 황이 정지용이 공부하던 교토에서 가까운 고베항을 출발해 나가사키에서 상해로 가는 여정을 예상했다. 따라서 정지용이 고베항의 풍경을 그렸을 가능성이 높다고 판단했다. 또한, 사나다 히로코는 愛施利 黃이 愛施利라는 세례명을 가진 천주교 신자인 여성으로 판단된다고 밝혔다. 사나다 히로코의 추정대로 「슬픈 인상화」가 고베항을 배경으로 했다면 애시리 황이라는 이름으로 보면 목적지가 상해인 탓에 일본에 유학 온 중국 여학생일 가능성도 생각할 수 있다. 하지만 시에는 항구의 모습에서 갖는 느낌을 '이국정조로 퍼덕이는 세관의 깃발'이라는 내용으로 묘사했다. 굳이 다른 나라 세관의 깃발을 보며 '이국정조'라는 표현을 쓰는 것은 이상하다. 정지용 시인이 묘사한 세관은 우리나라의 세관이었고 식민지에 자국의 깃발이 있을 턱이 없으니 국권을 잃은 애석한 심정을 묘사했다고 보아야한다. 사나다 히로코는 「슬픈 인상화」가 발표되기 전에 이미 같은 내용의 일본어 시 「仁川港の或る追憶」이 도시샤대학예과학생회지(1925.11)에 발표된 사실을 몰라서 그와 같은 추정을 했을 것이다.

사진에 있는 신문기사는 1924년 4월 25일 시대일보에 실린 내용으로 중국유학을 준비하는 사람들에게 필요한 정보를 제공할 목적으로 쓴 기사이다. '유학 가는 노정'이라는 내용에서 북경은 열차로 이동하고 상해, 남경 방면은 인천에서 직항하든지 나가사키항에서 들어가든지 할 것이라고 되어있다. 사나다 히로코의 설명

「시대일보」 1924년 4월 25일자 중국유학에 관한 기사

에 따르면 당시 나가사키에서는 상해로 가는 배가 날마다 출항했다고 한다. 기사의 내용으로 추정하면 인천에서는 배편이 적었을가능성이 높고 부산항이나 원산항을 이용하기 편한 쪽은 배편으

로 나가사키로 가서 상해를 가는 편이 유리했을 수 있다. 사나다 히로코가 일본의 항구를 배경으로 했다는 추정을 한 것은 나름의 근거가 있다.

사나다 히로코가 애시리라는 이름은 세례명으로 판단된다고 했는데, 정지용 시인이 독실한 가톨릭 신자였고 종교시도 많이 썼기 때문에 가능성이 높다. 만약 애시리 황이 떠나는 항구가 인천항이라는 것을 확인할 수 없어서 시의 배경이 일본의 항구라고 가정하면 애시리 황은 조선과 중국 유학생일 가능성이 상존 한다. 이와 같이 「슬픈 인상화」는 사나다 히로코의 막연한 추정처럼 애시리 황이라는 여인의 국적과 상해를 가는 이유마저 불분명한 상태에서 독자는 슬픔과 오렌지 껍질을 씹는 사연을 추정해야 한다. 일본어 시를 통해서 배경이 인천항이라는 것은 확인했지만 슬픈 이유에 대한 단서가 없기 때문에 일본어로 발표된 1925년 11월, 「슬픈 인상화」로 발표한 1926년 6월 시기 즈음에 일본과 조선에서 바라보는 상해는 어떤 느낌이었을지 살펴보는 것이 필요하다. 1925년 상해에서는 5.30 사건이 일어났는데 이는 1925년 2월 중화민국에 소재한 일본계 방적 공장에서 일본인 감독이 중국인 여공을 학대한 일을 발단으로 시작됐다. 그해 5월 30일 상해에서 반일 운동을 하다가 체포된 학생의 석방을 요구하던 시위대를 향해 영국 관리는 인도인 경관에게 발포를 명령해 13명이 사망한 사건이 일어났다. 1925년 6월 5일 상해판 독립신문에 '완연한 전시상태'라는 제목 아래 대포 속사포로 경비하는 영국인이라는 부제목의 기사만 보

상해판 『독립신문』 제186호, 1925년 6월 5일 기사

아도 당시의 분위기를 짐작할 수 있다.

　1926년부터는 중국의 국민당과 공산당이 연합하여 부패한 군벌을 타도하기 위해 군사작전을 수행하게 된다. 중국의 1차 국공합작에는 조선의 독립군도 함께 전투에 참여했으며, 상해는 1927년 4월 12일 장제스가 국공합작을 깨고 대규모 노동자를 학살하기까지 격랑의 소용돌이 속에서 세계의 주요 관심사가 되었다. 프랑스

작가 앙드레 말로의 『인간의 조건』이 당시의 상해를 배경으로 한 작품이다. 한편 국내에서는 1925년 11월 22일 신의주에서 신만청년회 회원이 같은 식당에서 모임을 갖던 일제 경찰, 친일변호사 박유정朴有楨 등과 시비가 생겨 이들에게 폭행을 가한 것이 발단이 된 '신의주 사건'이 일어났다. 이로 인해 일본 경찰은 공산주의 계열 독립운동가에 대한 대대적인 검거에 나서 60여 명을 체포했고, 일제의 검거망을 벗어난 간부들은 대부분 상해로 피신했다고 한다. 때문에 역사의 소용돌이 속에 있던 상해로 가는 여인이 여행 또는 유학을 간다거나 하는 평범한 사연으로 보기는 어렵다. 하지만 상해가 조선과 일본뿐만 아니라 세계의 주목을 받고 있었다고 해서 애리시 황이라는 여인을 역사적인 중요 사건과 연결해서만 파악해야 할 근거 또한 부족하다. 그러나 만약 정치적인 이해가 얽힌 일로 애시리 황이 상해를 방문한다면 일본이 긴장하며 상해를 주시하는 상황에서 시에 사실적 표현을 사용하는 것은 극히 위험한 일이다.

필자는 여러 자료와 시대적 상황을 고려하며 시를 읽었을 때 「압천」과 「슬픈 인상화」의 오렌지 껍질을 씹는 의미는 비슷한 맥락을 갖는다고 판단한다. 물론 동의하지 않는 의견도 있을 것이고 다양한 해석이 가능하겠지만, 정지용과 동시대의 문인이 「슬픈 인상화」를 읽고 남긴 반응이 있다면 중요한 근거가 될 수 있다.

휘문고보 시절의 정지용과 문예활동을 함께했던 박팔양(호 여수)은 카프와 구인회에서도 활동한 시인으로 정지용의 산문 「압천상류」에 잠깐 언급된다. 「압천상류」에 여수(박팔양)가 정지용이 있는 곳에 와서 그래 어디가 "역구풀 욱어진 보금자리, 똠부기 흩어멈 울음 우는 곳"이냐고 물으며 말을 했다는 내용이 있다. 그들이 나누었던 자세한 내용까지 글로 적어놓지 않아서 아쉬움이 있지만 정지용의 「압천」이 당시 지식인에게 깊은 공감을 끌어냈음을 유추할 수 있다. 이후 박팔양은 1927년 2월 「인천항」이라는 시를 발표하는데 일부 내용이 마치 「슬픈 인상화」의 슬픔을 선명한 색의 물감으로 다시 칠해놓은 듯하다.

> 조선의 서편항구 제물포부두,
> 세관의 기는 바닷바람에 퍼덕인다.
> 잿빛 하늘, 푸른 물결, 조수 내음새,
> 오오, 잊을 수 없는 이 항구의 정경이여.
> 상해로 가는 배가 떠난다.
> 저음의 기적, 그 여운을 길게 남기고
> 유랑과 추방과 망명의
> 많은 목숨을 싣고 떠나는 배다.
> – 박팔양, 『습작시대』, 「인천항」 부분

정지용의 「슬픈 인상화」는 뜻 모를 슬픔이 조용하게 내면을 향하고 있다면, 박팔양의 「인천항」은 저음의 기적을 울리며 상해로 떠나는 배처럼 울분을 깊게 토해내며 두 편의 시는 마치 화답시 같은 느낌마저 주고 있다. 물론 카프시절의 김기진은 정지용을 순수시인으로 분류했지만 정지용은 약소국 피압박민의 정서를 담아 그들의 아픔을 어루만지는 시를 썼기에 일제강점기 최고의 시인 반열에 올랐던 것이다.

정지용, 김기림 이후 박인환과 그의 동료들 역시 시련의 세월을 지나온 만큼 시대의 아픔을 외면하지 않았으나 그들의 시가 도시적이고 난해한 탓으로만 돌리기에는 그동안 야박한 평가가 많았다. 문학이건 역사이건 우리가 너무 오래 소홀히 대해 한번 잃어버리면 후세에 이를 다시 찾고 복원하는 일이 때론 불가능할 수도 있다. 우리는 이미 많은 것을 흘려보냈는지 모르지만 더 늦기 전에 이념과 분단의 상처로부터 벗어나 격동기 문인들의 꿈과 열정을 느끼며 그들의 글과 시를 눈을 뜨고 다시 보아야 한다.

박인환 시인 연보

1926년 8월 15일	본관 밀양 박씨로, 강원도 인제군 인제읍 상동리 159번지에서 박광선과 함숙형 사이의 4남 2녀 중 장남으로 태어남.
1933년(8세)	인제공립보통학교에 입학.
1936년(11세)	서울로 이사 후 덕수공립보통학교 4학년에 편입.
1939년 3월(14세)	덕수공립보통학교를 졸업, 4월 2일 경기공립중학교(5년제)에 입학.
1940년(15세)	원서동 215번지로 이사.
1941년 3월(16세)	경기공립중학교를 중퇴하고, 한성학교 야간부로 전학.
1942년(17세)	황해도 재령에 있는 명신중학교 4학년에 편입.
1944년(18세)	명신중학교를 졸업, 관립 평양의학전문학교(3년제) 입학.
1945년(20세)	8·15광복 후 학업을 중단, 이후 종로3가 2번지 낙원동 입구에서 서점 '마리서사'를 개업.(시기불명확)
1946년(21세)	6월 20일 조선청년문학가협회 시부 주최 '예술의 밤'에 참여, 예술의 밤 낭독시집인 『순수시선』에 시 「단층」을 발표하고 낭독.(엄동섭·염철 엮음 『박인환문학전집』 참조. 이전까지 박인환의 최초 발표작은 「거리」가 1946년 12월 『국제신보』에 발표된 것으로 알려졌으나 이는 근거가 불명확한 것으로 알려져 있다.)
1948년(23세)	'마리서사'를 폐업하고, 4월 말 덕수궁에서 이정숙과 결혼. 김경린·양병식·김수영·임호권·김병욱 등과 함께 동인지 『신시론』 제1집 발간하였고, 자유신문사에 입사.
1948년 12월(23세)	장남 세형 출생.
1949년(24세)	김경린·김수영·임호권·양병식과 함께 5인 합동 시집 『새로운 도시와 시민들의 합창』을 출간.

1949년 7월(24세)	국가보안법 위반 혐의로 내무부 치안국에 체포되었다 석방, 경향신문사에 입사. 동인 중 김수영 · 양병식 · 임호권이 빠지고 이한직 · 조향 · 이상로 등이 새로 가담한 '후반기' 동인을 결성.
1950년 9월(25세)	장녀 세화 출생. 한국전쟁 발발 후 9·28서울 수복 때까지 지하 생활을 하다가 12월 8일 대구로 피난.
1951년(26세)	1·4후퇴로 대구로 피난, 5월 육군 소속 '종군작가단'에 참여.
1951년 10월(26세)	경향신문사 본사의 부산 이전으로 부산에서 기자 생활.
1952년 6월(27세)	퇴사, 대한해운공사 입사.
1953년 3월(28세)	'후반기' 동인과 함께 '이상(李箱) 추모의 밤' 시낭송회를 개최.
1953년 5월(28세)	차남 세곤 출생. 7월 중순 경 서울 옛집으로 돌아옴. 상경 직전 부산에서 '후반기' 해산, 김규동 · 이봉래 · 이진섭 · 오종식 · 허백년 · 유두연 등과 함께 '영화평론가협회'를 발족.
1954년 1월(29세)	한국영화평론가협회 상임간사에 취임.
1955년 3월(30세)	대한해운공사의 화물선 '남해호'의 사무장으로 승선, 미국 여행.
1955년 4월(30세)	미국 여행 후 『조선일보』에 「19일간의 아메리카」 기고.
1955년 10월(29세)	대한해운공사를 퇴사하고, 『박인환 선시집』(산호장)을 출간. 아시아재단이 주관하는 '자유문학상' 후보에 오름.
1956년 3월(31세)	'이상 추모의 밤'을 개최.
1956년 3월 20일(31세)	오후 9시 심장마비로 사망.
1976년 3월(20주기)	시집 『목마와 숙녀』(근역서재) 출간.
2000년(44주기)	'박인환문학상' 제정.
2012년(56주기)	강원도 인제에 박인환문학관 개관.
2016년(60주기)	『박인환 술시집 검은 준열의 시대』(스타북스) 출간.

참고문헌

· 간호배, 『한국 모더니즘 시의 미학성』, 채륜, 2010.
· 강계순, 『아! 박인환 사랑의 진실마저도 애증의 그림자를 버릴 때』, 문학예술사, 1983.
· 강성현, 「1945~50년 "검찰사법"의 재건과 "사상검찰"의 "반공사법"」, 『기억과 전망』 25권, 민주화운동기념사업회, 2011.
· 강준만, 『한국 현대사 산책 1940년대 편(전2권)』(8.15해방에서 6.25 전야까지), 인물과사상사, 2011.
· 권영민 엮음, 『정지용 전집 1 시』, 민음사, 2016.
· 권영민 엮음, 『정지용 전집 2 산문』, 민음사, 2016.
· 金泰丞, 「韓中 都市貧民形成의 比較研究 : 1920년 전후시기의 서울과 上海」, 『國史館論叢』 第51輯, 국사편찬위원회, 1994.6.
· 김경린, 『알기 쉬운 포스트모더니즘과 그 주변 이야기』, 문학사상사, 1994.
· 김광균 지음, 오영식 · 유성호 엮음, 『김광균 문학전집』, 소명출판, 2014.
· 김광섭, 『시와 인생에 대하여 김광섭 자서전 나의 이력서』, 한국기록연구소, 2014.
· 김광주 · 이봉구 · 박연희, 『울창한 한국문학 80년의 숲』(한국문학전집 14), 삼성출판사, 1885.
· 김규동, 『나는 시인이다』, 바이북스, 2011.
· 김기림, 『김기림 선집』, 깊은샘, 1988.
· 김남석 외 편, 『한국 언론산업의 역사와 구조』, 연암사, 1996.
· 김다언, 『목마와 숙녀, 그리고 박인환』, 보고사, 2017.
· 김동훈 · 허경진 · 허휘훈 편, 『김조규 · 윤동주 · 리욱』(중국조선민족문학대계 6), 보고사, 2006.
· 김동훈 · 허경진 · 허휘훈 편, 『김학철 · 김광주 외』(중국조선민족문학대계 13), 보고사, 2007.
· 김병익, 『한국 문단사: 1908~1970』, 문학과지성사, 2001.
· 金祥道, 「6·25무렵 毛允淑의 美人計조직 「낙랑클럽」에 대한 美軍방첩대 수사 보고서」, 『월간중앙』, 1995년 2월호.
· 김유중, 『한국모더니즘 문학과 그 주변』, 푸른사상사, 2006.
· 김윤식, 『영랑시선』, 중앙문화협회, 1949.

- 김학동 엮음, 『오장환 전집』, 국학자료원, 1987.
- 김학동 편저, 『김영랑 전집·평전: 모란이 피기까지는』, 문학세계사, 1981.
- 김학동, 『오장환평전』, 새문사, 2004.
- 김학동, 『정지용연구』, 민음사, 1987.
- 단테 알리기에리 지음, 박상진 옮김, 윌리엄 블레이크 그림, 『신곡 연옥편 : 단테 알리기에리의 코메디아』, 민음사, 2007.
- 돈 애즈 지음, 엄미정 옮김, 『살바도르 달리』, 시공사, 2014.
- 루쉰 지음, 정석원 옮김, 『아Q정전·광인일기』, 문예출판사, 2001.
- 류복현(발행인 겸 편집인), 『용아 박용철의 예술과 삶』, 광산문화원, 2002.
- 마거릿 버트하임 지음, 박인찬 옮김, 『공간의 역사』, 생각의 나무, 2002.
- 맹문재 엮음, 『김규동 깊이 읽기』, 푸른사상사, 2012.
- 맹문재, 『박인환 깊이 읽기』, 서정시학, 2006.
- 박기원, 『하늘이 우리를 갈라놓을지라도』, 학원사, 1983.
- 박인환 지음, 맹문재 엮음, 『박인환 전집』, 실천문학, 2008.
- 박인환 지음, 민윤기 엮음, 『박인환 숲 시집 검은 준열의 시대』, 스타북스, 2016.
- 박인환 지음, 엄동섭·염철 엮음, 『박인환 문학전집 1 시』, 소명출판, 2015.
- 박인환, 『박인환 전집』, 문학세계사, 1986.
- 박팔양, 『박팔양전집-太陽을 등진 거리』, 미래사, 1991.
- 박현수, 『한국 모더니즘 시학』, 신구문화사, 2007.
- 베르톨트 브레히트·루이 아라공·마야코프스키·하인리히 하이네 지음, 김남주 엮음, 『아침저녁으로 읽기 위하여(리커버 특별판)』, 푸른숲, 2018.
- 사나다 히로코, 『최초의 모더니스트 정지용』, 역락출판사, 2002.
- 살바도르 달리 지음, 최지영 옮김, 『달리 나는 천재다』, 다빈치, 2004.
- 서정주, 『미당 서정주 전집 7』, 은행나무, 2016.
- 송건호 외, 『해방전후사의 인식 1』, 한길사, 2004.

· 신경림, 『신경림의 시인을 찾아서』, 우리교육, 1988.

· 안도섭, 『명동시대』, 글누림출판사, 2011.

· 앙드레 말로 지음, 박종학 옮김, 『인간의 조건』, 홍신문화사, 1992.

· 윤석산, 『박인환 평전』, 모시는 사람들, 2003.

· 이동하, 『목마와 숙녀와 별과 사랑』(박인환 평전), 문학세계사, 1986.

· 이미순, 『정지용의 『鴨川』 다시읽기』, 한국시학회, 2001.10.30.

· 이병인, 「'모던' 上海와 韓國人이 본 上海의 '近代', 1920~1937」, 『중국사연구』 85권 85
호, 중국사학회, 2013.

· 이봉구 지음, 강정구 엮음, 『그리운 이름 따라 : 명동 20년』, 지식을 만드는 지식, 2014.

· 이숭원, 『그들의 문학과 생애 김기림』, 한길사, 2008.

· 이중연, 『고서점의 문화사』, 혜안, 2007.

· 이한구, 『한국 재벌 형성사』, 비봉출판사, 1999.

· 이한이 엮음, 『문학사를 움직인 100인』, 청아출판사, 2014.

· 이희문, 「대한민국 정부수립 이후 언론관계법의 발전과 평가 : 제헌헌법부터 제9차 개정헌법
까지」, 『세계헌법연구』 16권 3호, 세계헌법학회 한국학회, 2010.

· 임긍재 지음, 김택호 엮음, 『임긍재 평론 선집』, ㈜현대문학, 2011.

· 장 라쿠튀르 지음, 김화영 옮김, 『앙드레 말로 평전』, 대한교과서주식회사, 1995.

· 장석향, 『시몬, 그대 窓가에 등불로 남아』, 한멋사, 1986.

· 전병준, 「신시론 동인의 시와 시론 연구」, 『Journal of Korean culture』 Vol.31, 한국어문학
국제학술포럼, 2015.11.

· 정우택, 「현대문학: 해방기 박인환 시의 정치적 아우라와 전향의 방향」, 『반교어문연구』 32
권, 반교어문학회, 2012.

· 조병화, 『떠난세월 떠난사람』, 현대문학, 1991.

· 조영복, 『월북 예술가, 오래 잊혀진 그들』, 돌베개, 2002.

· 조지훈, 『조지훈 전집 문학론』, 나남, 1996.

- 조지훈, 『조지훈 전집 지조론』, 나남, 1996.
- 지그문트 프로이트 지음, 김양순 옮김, 『정신분석 입문』, 동서문화사, 1988.
- 질 네레 지음, 정진아 옮김, 『살바도르 달리』, 마로네에북스, 2005.
- 최미진, 「한국전쟁기 『경향신문』의 문화면과 김광주의 글쓰기」, 『한국문학이론과 비평』 제 54집(16권1호), 한국문학이론과 비평학회, 2012.3.
- 최서해, 『탈출기(외)』, 소담출판사, 1995.
- 최완복 엮음, 『프랑스시선』, 을유문화사, 1985.
- 최호열, 「'한국판 마타하리' 김수임 사건 美 비밀문서 집중분석」, 『신동아』, 2008년 10월호.
- 플로라 그루 지음, 강만원 엮음, 『마리 로랑생 : 사랑에 운명을 걸고』, 까치, 1994.
- 피에르 드 부아데푸르 지음, 이창실 옮김, 『앙드레 말로』, 한길사, 1998.
- 피트 몬드리안 지음, 전혜숙 옮김, 『몬드리안의 방: 신조형주의 새로운 삶을 위한 예술』, 열화당, 2008.
- 『현대문학』 통권 96호, 1962년 12월호.

영화
- 「공포의 보수」(The Wages Of Fear, 1953), 감독:앙리-조루주 클루조, 출연:이브 몽땅, 샤를 바넬, 폴코 룰리.
- 「라이프」(Life, 2015), 감독:안톤 코르빈, 출연:로버트 패틴슨, 데인 드한, 벤 킹슬리.
- 「소유와 무소유」(To Have And Have Not, 1944), 감독:하워드 혹스, 출연:험프리 보가트, 월터 브레넌, 로렌 바콜.
- 「카사블랑카」(Casablanca, 1942), 감독:마이클 커티즈, 출연:험프리 보가트, 잉그리드 버그만, 폴 헌레이드.
- 「파리의 아메리카인」(An American In Paris, 1951), 감독:빈센트 메넬리, 출연:진 켈리, 레슬리 카론, 조지 게터리.